フロイトとソーカモ

その悩み、猫が答えます

著・絵 徐慢慢（シュイマンマン）心理話

監修 心理カウンセラー 武志紅（ウージーホン）　訳 呉佩慈（ウーペイツー）

扶桑社

完璧じゃなくたっていい。日々を大切に生きていれば

監修：武志紅（ウージーホン）（心理カウンセラー）

1. どうして私たちは、優秀でない自分を許せないのか

私はカウンセリングの経験を積み重ね、周りの人に対する観察を深めていくうちに、あることに気づきました。私たちは往々にして、一番単純な真実を見落としがちなのです。

例えば、私の知り合いを観察していると、以下の2つの傾向が見られます。

❶ 自分は時間をムダに過ごしていると感じている

❷ 積極的かつ効率的に人生を過ごしたいと思っている

この「知り合い」のなかには、事業で成功した人も少なくありません。そんな自分の専門分野で中国のトップになっている人でさえ、常に焦燥感に駆られています。

私の友人である、とある女性の話をしましょう。彼女は若くして成功し、ある分野で中国No.1にまで上りつめました。

その彼女が、中国大手IT企業・騰訊（テンシュン）（テンセント・ホールディングス）のCEOで、中国の長者番付のトップである馬化騰（マーフアテン）さんに、こう言ったそうです。

「私の会社はこんなに欠点ばかりなのに、業界一位になったなんて信じられません」

すると馬さん がこう返しました。「それは私のセリフだ！」

雲の上のふたりが何をおっしゃるのかと思われるかもしれませんね。そこで彼女に「ふたりとも冗談ですよね？ それとも本気で言ってます？」と聞きました。彼女も最初は、馬さんが冗談を言っていると思ったそうです。しかし彼女が彼に確認したところ、お互いに本気で言っていました。ふたりとも、本気で自分がまだまだ足りないと思っているのです。

私にも、もう十分に生き急いでいるのに満足できず、さらに加速しなければならないと焦っていた時期がありました 。

最も忙しかったのは、2017年7月から翌年の8月頃です。当時、「得到（ドゥダオ）」という学習アプリで「武志紅の心理学授業」というエッセイを連載しており、全部で330篇、文字数でいうと100万字を超える文章を書きました。同時に、週3回のカウンセリング案件を受けながら、自宅をリフォームし、会社を閉めて新たに立ち上げ……。

それでも、ムダにしたと思えるような時間がありました。「ネタ探し」という大義名分をいいことに、気付けばだらだらとネットを見ることに費やしたり、無為に時間を過ごしたり、もしくは本当にただごろんと横になったりしていました。

他人から見たら、そんなの普通じゃないかと思われるかもしれません。しかし私にとっては、自分を責める理由として充分でした。もっと努力すべきだったと。もっとできたはずだと。

2. 人生は「成功」よりも「体験」

このような言葉を耳にしたことはありませんか。

「あなたより条件のいい人はいくらでもいるし、そんな人はさらにあなたの何倍もの努力をしている」

たしかにそんな人はたくさんいます。一見理にかなっている言葉です。

でも、こうした言説の背後に、ある不条理な考えが前提として横たわっていることに気づきませんか。

成功した人は、なぜ成功できたのか。それは彼らが時間と競うように努力をし、毎日を積極的かつ効率的に生きているからです。「たったの一分一秒」もムダにせずに努力したからこそ成功したのです。それができない私たちは、普通の人にしかなれない――。本当にそうなのでしょうか？

この数年で特に感じたことがあります。この世に生まれ落ちたのは、出世を追い求めるためではなく、財産や名声、権利を追い求めるためでもなく、この世界を体験するためなのではないかと。

私たちの体も魂も、このことをわかっているはずです。なのに体と心がバラバラで、人生で一番大切なのは成功であると、それをつかむためには全身全霊を尽くすべきだと無意識に思い込んでいます。

そんな体と心の引っ張り合い、感情と思考の力比べこそが、私たちが抱えている人生のさまざまな葛藤、矛盾、生きづらさの原因なのです。

そうとわかれば、肩の力を抜いて体と気持ちに正直になり、何でもない時間が私たちにくれる豊かさを体験してみてはいかがでしょうか。

「人生には、浪費できる素晴らしい時間があふれている」

これは、私の友人の子息が得た実感です。

こんな視点で物事を見ることができれば、人生の幸福度もおのずと変わります。しかしそうした実感は、言葉に表しにくくなかなか伝わりません。だからこそ、代わりにこのかわいらしい漫画をすすめることにします。何でもない時間を楽しむこと。心の声のままに動くこと。自分が自分を許容する素晴らしさを、この漫画を通して体験できると思います。

3. この本は、「自分を許すこと」を手取り足取り教えてくれる。

本書は、私の会社が運営するアプリで連載された作品がもとになっています。制作を担当した漫画家チームの手によって生まれた主人公――「徐慢慢（シュイマンマン）」が、年若い女性のカウンセラーとして、人生のさまざまな無理難題に対し、回答と解釈を与えてくれるシリーズ作品です。お陰様で多くの読者に愛されています。

その徐慢慢の家族には、夫の越さんと、息子の航くんがいます。そして「フロイト」と名づけられた雄の元野良猫を飼っています。

そのフロイトは、ひょんなことから、カモのタマゴを孵化させてしまいます。殻を破り出たヒナの「ソーカモ」が生まれて初めて見たのは、「イクメン」のフロイト。

この刷り込みから、フロイトはソーカモのママとなってしまいました。

フロイトはウィットに富んだいいお母さんで、息子の前に壁が立ちはだかるたびに、根気よく、やさしく解決へと導きます。

本書はそんな彼らが登場し、日常のなかで紡がれるたわいのない会話を描いています。彼らのおしゃべりにクスッとしたり、大切なことに気づかされたり、猫の言葉に感嘆させられたり―― やはりフロイトの名は伊達ではない！ 心理学を嗜み、物事への見方が鋭い「Good enough mother（ほどよい母親）」である―― そこがおもしろいところなのです。

この「Good enough mother（ほどよい母親）」というのは、精神分析学者ウィニコットが提唱した概念です。すばらしい母親、また完璧な母親を意味する言葉ではありません。「まあまあよい母親」── もしくは中国で及第点を表す「60点の母親」とも言える── これは私の良き師であり良き友人でもある曾奇峰の訳です。

私はこの訳がとても好きです。「ほどよい」がどのぐらいであるのかを数字で示したうえで、世間からの「完璧な母親」像への過度な要求を打ち砕いてくれているからです。

もちろん、「60点」はハードルが低すぎやしないかと思う人もいるでしょう。そうはいっても、「まずは親も普通の人だと知る。次は自分も普通の人だと知る。さらに子どもも普通の人だと知る」ということが、まず人生における大事な知見なのです。

「普通であること」をどう受け入れるか？

「いつでも効率よく、完璧である自分」になれないのを、どう許容するか？

──これこそが、この漫画が読者に伝えたいことです。

これほどシンプルなことであるにもかかわらず、見落としている人がたくさんいるのはなぜでしょう。その理由は、脳が作り出した想像に、私たちはいともたやすくコントロールされてしまうからです。その想像に、肥大化した全能感と自己愛が入り込んでしまうと、自分・他人・周りの世界に手厳しく、実現不可能とさえいえるような期待を生んでしまう。そして期待と現実とのギャップや衝突は、さらに人生への未練、焦燥、恐怖をもたらしてしまいます。

「あらゆる無理難題は、実は人間の性であり、普通のことだ」と温かい心をもって受け入れるのは、どれほど難しいことでしょうか。

でも、かわいいフロイトママと、ソーカモくんにはそれができたのです。だからこそ、私はあなたにこのお話をおすすめしたいと思います。

本の中では心理学にも触れますが、実に普遍的な内容ばかりです。

どこかで聞いたような話でも、フロイトとソーカモのおしゃべりとなると、読むたびに目新しい発見があります。そして漫画という形式によって、そのシーンが目の前で起きているかのように、そのシチュエーションに共感することができます。ラクに楽しく、知らず知らずのうちに心理学の知識を吸収することができるのです。私たちの漫画チームが高い創造力を発揮し、心を込めた作品になりました。

この本が、温かなひとときをもたらすことを願います。

キャラクター紹介

フロイト♂

ミックス猫。
名は体を表すというように、
心理学の知識が少しわかる、
知恵に富んだ猫。
昼寝が好き。煮干しも大好き。
今の目標は、ソーカモが楽しく
成長するのを見守ること。

ソーカモ♂

「どうして?」と聞くのが好きな
カモの子。
口癖は「カモ」。
カモカモ小学校の２年生。
たまに悩んだりもするが、
そんなときは、「猫のママ」がいい
聞き手になってくれる。

徐慢慢（シュイマンマン）

フロイトとソーカモを飼っているカウンセラー。
夫の越さん、息子の航くんと暮らしている。

クロ ♂

ソーカモの親友のひとり。活発でやんちゃ。場を盛り上げるのもイタズラするのも好き。ソーカモと二羽でいると話が尽きない。

ダッくん ♂

ソーカモの親友のひとり。スポーツ万能で文武両道、なんでもできる優秀なアヒル。しかし転校してきてからは新しいクラスに馴染めず、少し焦りを感じている。

モンモン ♂

名は体を表すというように、静かで内向的。少しコミュ障気味で、一羽でいるのが好き。

シロ ♂

クラスのいじめっ子。他の子どもにいろいろ指図するのが好き。

メイちゃん ♀

真っ白な羽根の美人アヒル。一番好きなスポーツは砲丸投げ。

クワッくん ♂

新しくソーカモの隣の席になった、成績首席アヒル。几帳面。

モコモコ ♂

おしとやかで優雅なアヒルの子。手先が器用で、ぬいぐるみ作りが得意。

ペラペラ ♂

頭が平たいアヒルの子。たまにシロと一緒になって他の子どもをいじめてしまう。

はじまり

そもそものきっかけは、航くんが
おじいちゃんちから持って帰った
タマゴを、つい出来心で
猫のベッドに放り込んだこと。

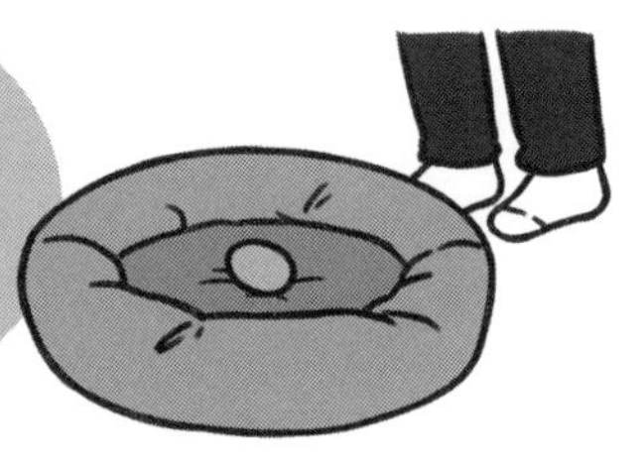

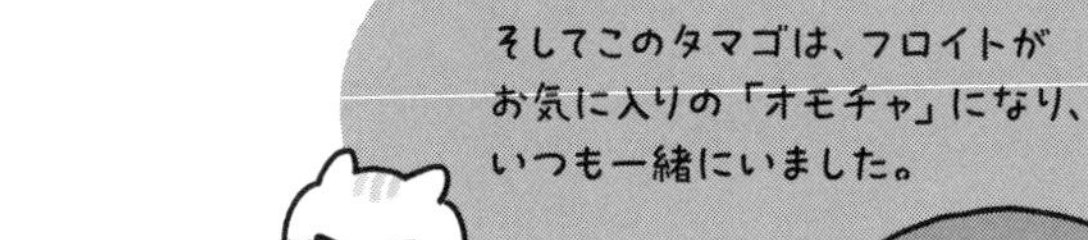

そしてこのタマゴは、フロイトが
お気に入りの「オモチャ」になり、
いつも一緒にいました。

1カ月後——

ビクッ――!!

そうです。なんとフロイトが、
カモの子どもを
孵化させたのです!

それから、
フロイトはカモの子の――
ママ!
ママ!
私 オスだけどな……
ママ!
ママ!
ママ!
ママ!
ママ!
ママ!

目次

第一章

「私」が一番大切

第二章

怖がる心とのつき合い方

第三章 よくないと思う気持ちを封じ込めずに

第四章 親しき仲にも「境界線」あり

第五章 自分の気持ちに胸を張って

第六章

注意の対象を「今」に

第七章

すべての出来事に対してどっしりと構えて

第八章

不安を口に出してみる

第九章 本当の自分を見つめる

第十章 心の中の無垢な自分を抱きしめよう

第一章

「私」が一番大切

自分の価値を信じよう

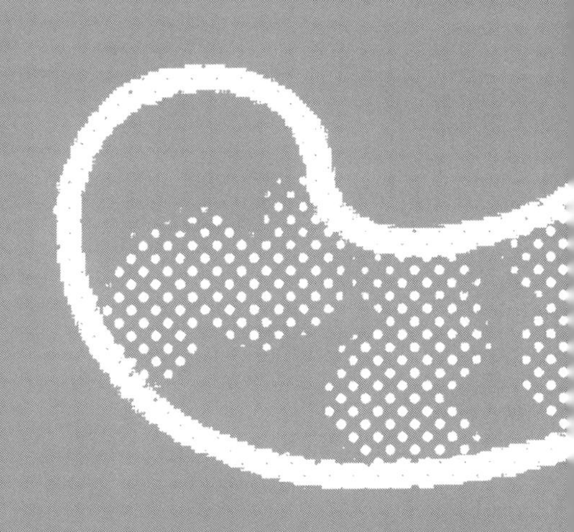

自分で自分を責めてしまうとき、目を覚ますための魔法の言葉

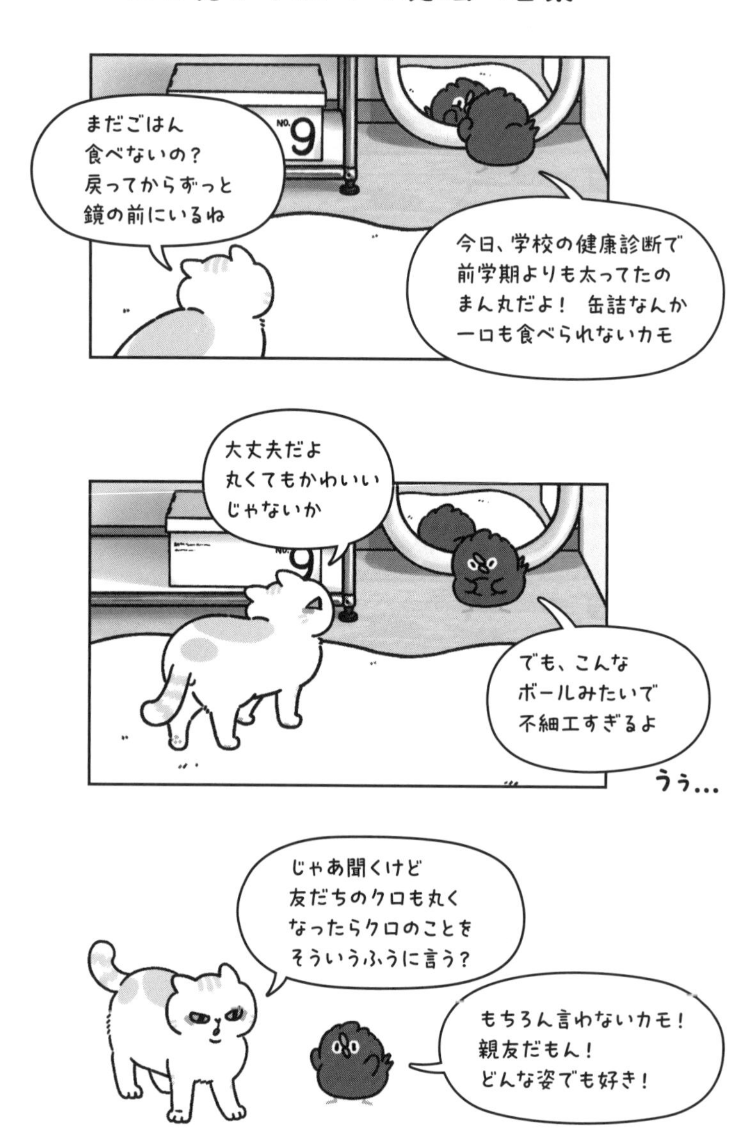

例えばクロが試験を失敗したり
大会で賞を取れなかったりしたら
「どうしてちゃんと準備してないの？
ダメダメじゃん」っていうかい？
そんなことは
絶対言わない！
ブンブン
じゃあ彼に
なんて言う？
まず、悲しいのも
落ち込むのもわかるよ
って慰めて……
じゃあ、なんで
友だちにするように
自分にできないんだい？
え？
どういう意味？
つまり、同じことが
友だちの身に起きて
理解と許容ができるなら
自分にも同じ態度で
やさしくできるはずだよ

さあ、考えてごらん……
自分自身を一番の
友だちだと思って
あなたの友だちが
太ったーと自分を責めてる
そんな彼になんて言う？
うーん……どんなカモも
自分だけの姿をしていて
太ってても痩せてても
白でも黒でも自分なんだ
ふくよかでも
まん丸でも
かわいいカモ！
このままのあなたで
十分素敵！

ママ！ わかったカモ！
ボクは今のままで
十分かわいい！ だから
ダイエットはやめる！
晩ごはん食べよ！
食べよ！ おわん
たっぷりね

及第点のあなたで十分

どうしたの？
今日の
クラス縄跳び大会
3等賞しか
取れなかったの

ほう、3等賞！
すごいじゃないか
でも、3等賞は6羽も
もらってるの クラスには
18羽しかいないのに

ううっ
水かきがしびれるまで
何日も練習したのに
こんな中途半端な
成績だなんて
ママ、ボクって
ダメな子じゃない
かな……

さて問題です 土にまいた
肥料のうちどれぐらいが苗に
吸収されると思う？

おじさんがこんなに
頑張ってるから、苗ちゃんも
肥料を全部食べてくれるカモ！

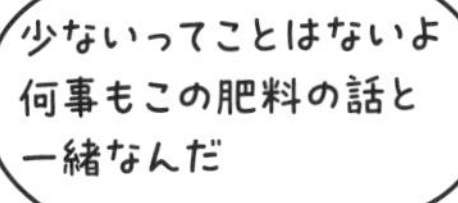
少ないってことはないよ
何事もこの肥料の話と
一緒なんだ

100点の努力をしても、
必ずしも100点になって
返ってくるわけじゃない
80点かもしれないし
70点か60点かもしれない
それが普通なんだ

本当カモ？
そうだよ だから3位でも
すごいんだよ 努力して得たものなら
どんな収穫でも すごいものなんだ
だから自分を責めるのはやめなさい
わあ… また
慰められたカモ！

私も100点の努力をしてても
君のクッキー1枚しか
つまみ食いできないことがあるし
それでも満足だったよ！

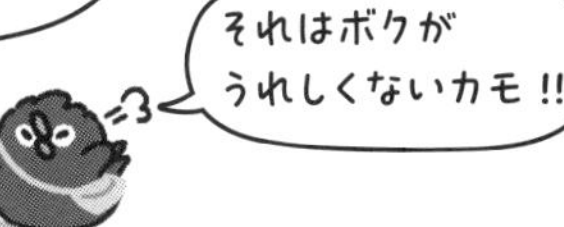
それはボクが
うれしくないカモ!!

嫌われたときこそ自分の味方をして

はあ……確かにボクはいつも
考えすぎるし絶対にウザがれたカモ
でも、どう直したらいいか
わからないカモ

待って待って！　まず聞くけど
そのときまでは、ウジウジした
自分が嫌だった？

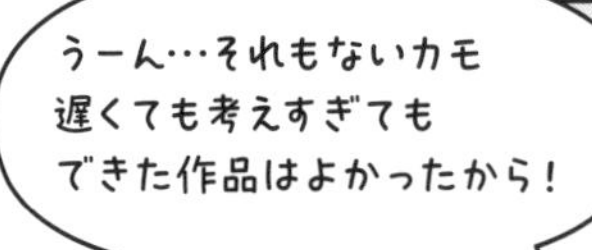
うーん…それもないカモ 遅くても考えすぎても できた作品はよかったから！
そうでしょう？ じゃあどうして 今は欠点だって思って 変えようとするの？
それは今日、委員長に そう言われたから やっぱりよくないカモって

気づいた？ 嫌なやつって思うのは 委員長であって君じゃないんだ なぜ他人の味方になって 自分を責めるんだい？
人が誰を嫌おうと それはその人の課題だ 大事なのは 君が自分を嫌わないこと！

でも委員長に
またそう言われたら
どうしよう…
それでも傷ついたり
自分を嫌いになる
ことはないよ

むしろ逆に、
自分の立場を主張して
「ウジウジする権利」を
守るんだ
わかったカモ！

次の日
なんでまた
手をつけずに
悩んでるの？
悩んでもいいじゃん！
待てないなら
自分の分を先にやろうよ！

完璧になりたいと思う前に、自分のダメなところを許して

じゃあ逆に聞くけど
なんで間違えちゃ
ダメなの？

そりゃダメだよ！　だって
ダメダメなカモの子って
思われちゃう！

じゃあどうして
ダメダメじゃダメなの？

え？　そんなの
考えたことない……

さあ、復唱して「明日のボクは、
ダメダメなカモの子でもいい」
って10回ね

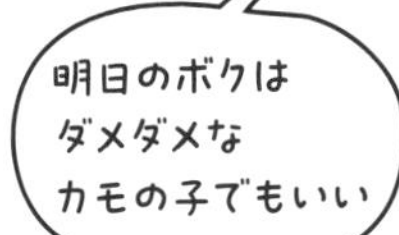

明日のボクは
ダメダメな
カモの子でもいい

今どんな気持ち？
ふしぎカモ
そんなに緊張
しなくなった！
ママ、どうして？

自分のことを
「原稿を完全に覚える
完璧なカモの子」だって
期待すると
その期待に目をまん丸にして
見張られている気分になる
そんなの緊張して原稿を
忘れてしまうに決まってる

逆にその期待をなくして
自分が「ダメダメなカモの子」
だということを許容すれば
どんな出来でも
期待を上回る
成果になる

そう思うと、一気に
ラクにならない？
本当カモ！　また原稿に
専念する元気が出た！

1年3組の
ダメダメなカモの子です
ソーカモといいます
また迷走
しちゃってる…
これって私のせい？

時には反骨精神も大切

こんなに苦労しても
捕まえられなかったなんて
ガッカリしない？
わからない子だね
これは「反骨精神」
っていうんだよ

はんこつ
せいしん？
例えば、アニメの中でも
「ワル」がいるでしょ？
彼らは痛い目に遭っても
懲りずに悪さをしてしまうんだ
めげずにポジティブにね
ソーカモ！
そしていつも
「覚えてろよ〜」
とか言っちゃうし！
あははっ

悪者になれって
言ってるわけじゃないよ
でもたまには反骨精神も
必要だってこと
わかったカモ！
練習してみる！
今からノラくんに
やり返すんだ！

何を？
ぷんぷん
ノラくんのおうちの前を
通ったら追いかけられて
いじめられたんだ！

怖くなんかないよ！
カモ・イズ・バック！
!!!
ブワッ

走れ！
君なんか一口で
丸呑みされちゃう！
反骨精神その二！
「勝てない戦いは
しない」！
また別の機会に
ちゃんと教えるから！

「Cohesive self（融和した自己）」という、心理学における大切な理論があります。アメリカの心理学者ハインツ・コフートが提唱した概念で、バラバラになっている自己をまるで求心力を用いるかのように引き寄せ、それを融和する力が私たちの心のうちにあるという考え方です。

安定的な「融和した自己」を備えていると、自己肯定感も育ちやすい。心の底から、自分に価値があると信じることができるため、あらゆることに対してポジティブに取り組めるのです。

この章の冒頭では、ソーカモは自分に自信のないカモの子でした。ゆえに自分を責めたり、自分に「ダメな子」のレッテルを貼ったりしていました。そんな彼が、この章を通して成長していきます。自分を受け入れ、自分を認めることができる、自信に満ち溢れたカモになっていきます。なぜ彼にそんな変化が起きたのか。それは、猫のママとの対話からです。対話を通しての成長こそ、ソーカモが「融和した自己」を構築していく過程といえるでしょう。

もっとも、人は社会的動物です。他人の好意的な反応とフィードバックによって、自分自身の価値を確立していきます。

ここで読者の皆さまに私の好きな言葉を紹介したいと思います。

「自信というものは、自分は何かができると信じること」

「あなたはできる。あなたの行動は許されている」

猫のママの言葉が促すように、このような実感を抱くことは子どもが育っていく過程において大切です。それを親から与えることができれば、子どもに「自分は何かができる」という感覚がおのずと育まれていきます。するとより楽しく、健康的に成長していくことができるのです。

第二章

怖がる心とのつき合い方

真実の自分か、偽りの自分か

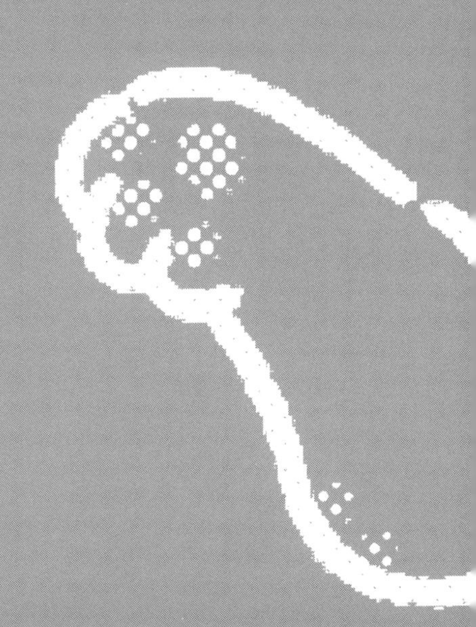

考えすぎてごちゃごちゃしたら頭の中を歌にしよう

怖がることはないよ
そういう想像は
「侵入思考」といって
誰にでも
あることなんだ

ママにも
あるの？
勿論あるよ　前にもね、
慢慢が私の横を通るたびに
しっぽを踏まれるんじゃないか
って思うことがずっとあった

痛い思いをするかもって思うと
鳥肌ならぬ猫肌がたつんだ
でもこの考えを頭の中から
追い出そうとしても焦ってできない
それで慢慢がくると
隠れちゃう時期があったよ
慢慢とはぎこちなくなって
悲しませちゃった……

それでどうなったの？

いっそのこと、その考えを
気にしないことにしたんだ
そうしたら緊張も焦燥も
なくなった

むずかしいカモ…
どうしたら
気にしなくなるんだろう

いいワザを教えてあげよう
よく知ってるメロディで
頭の中のごちゃごちゃした考えを
歌にするんだ

恥ずかしかったら
心の中で歌って
みてもいい

え？　それだけで
いいの？

それが効くんだよ
ハッピーバースデーの
メロディでやってみて？

ガッラス～わ～れ～ちゃう～
落っこち～て～し～まう～
ごっはん～に～む～せ～ちゃう～
あっるく～と～こ～ろぶ～

ふしぎ！
効いたカモ！
このワザはね
私たちから怖い考えを
追い払ってくれるんだ

おっと…今度は
うちがライブハウスに
なっちゃった

想像に負けるな

はあ……
もう……
どうしたの？
ため息ついて

はあ…
明日の体育テストを思うと
不安で眠れないの

ママ、明日休んじゃダメ？
頭の中にもう一羽のカモがいて
ずっと言ってくるの
何を
言ってくるの？

ニヤニヤ
かけっこになったら
絶対に同級生たちに
置いてかれちゃうんだ
ヒソヒソ
水泳だったらな
水かきがつって泳げなくて
ぶくぶく沈むことになるぞ
イヒヒ
縄跳びなんかしてみろ
足が縄に引っかかって
すっ転ぶんだ！
ブルブル
なるほど、このカモが
頭の中でワーワー騒いで
明日のテストについて
脅してるのね
じゃあ、
私の言いたいことを
聞いてみるかい？
聞きたいカモ

デデーン！
賞状
二等賞
見てこの写真！　クラスで君より
足が速いのはダッくんだけ！
置いてかれるなんて
とんでもない
たしかに……
それに水が怖いのは私だよ
君じゃない！　君はカモだぞ！
スイスイ～
ブルブル
ママってば
怖がり！
それに最近縄跳びを練習して
かなり上手になってきたよ
転ばなくなったし！
ピョン！
ピョン！
そうカモ！　50回連続で
跳べるようになったし！

そうだよ、本当の君は
とってもがんばり屋なんだ
ちゃんと成果も出せてる
想像のカモの話に
耳を傾けないで！
脅かしてるだけだよ

勇敢なカモも負けることはあるけど
自分の想像に負けるなんてことが
あっちゃいけない！
はぁい……
ZZZ

どんな失敗をしても、あなたの価値は揺るがない

濡れたこと以外に
何かあったの？
あとね、
ママとじゃんけんすると
いつも負けちゃうじゃん
運がないカモ
努力してもムダだぁ

君の言う
「ツイてない」について
私の考えを聞く？
どよ〜ん
運がないのは
それだけじゃ
ないカモ？

水をかけられたのは
おじさんが不用心だからだよ
抗議して謝ってもらっても
いいぐらいだ
自分はツイて
ないって
いうのは違う

カモはみんなそうでしょ？
君だけ運が悪いわけじゃない

そう言われるとソーカモ！
ママは賢いね

賢さなんて関係ないよ
「関連づけ」をしないだけだ

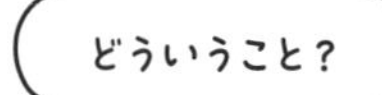

つまりね
毎度のつまずきをそれぞれ
別々の出来事として
見るんだ
つまずいたらそのときだけ気に留めて
他のことと関連づけをしない
ましてや自分自身と関連づけしない
一度つまずいただけで
自分が何にも
できないと思わないこと

ソーカモ！
水をかぶった
からなんだ！
ピョン
ピョン！
乾かせば
元気なカモの子！

自分の間違いを許す練習をしよう

暗記なんて一日中
してたじゃない
おやつのプリンを
食べる暇もなく
だって全校の
発表会だもん！
ミスしたら
いやだもん

でも…ボクって本当に
ダメダメなカモの子カモ
こんなに練習しても
忘れちゃうなんて
シク
シク
壇上に上がっても
うまく言えないカモ

そうだ 司会のペアの子とも
まだ一緒に練習した
ことないし
べたーん
うまく連携できなくて
間違えたら本当にダメダメな
カモの子になっちゃう

焦ってるのはわかった
でも少し思考転換してもいいんじゃないかな

思考転換って？
これまでドジをしたこともミスしたこともない子って見たことある？

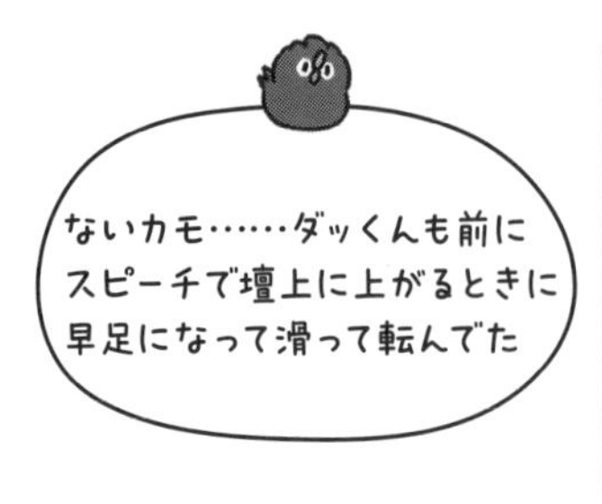
ないカモ……ダッくんも前にスピーチで壇上に上がるときに早足になって滑って転んでた

ズコッ

あとメイちゃんも
カモ違いで体育の先生に
国語の宿題を渡しちゃってた

そうでしょう？ 私の人生ならぬ
猫生においてもミスだらけだよ
綺麗な曲線を描いてキャットタワーに
登るはずが、盛大に踏み抜いて
落ちちゃったこともあるし

わあ！ この話を聞くと
緊張が一気になくなった
カモ！
だからまずは寝ましょうね
軽い気持ちのまま本番に臨もう

次の日

それでは
授賞式をママに
あっ…ちがっ
先生にお願い
します

まあいーや これだけは
すべての子どもが
やっちゃうことカモ…

嫌われる勇気を持つには

だって彼らが思っている私と
本当の私は違うから

彼らは「飼われる」ことを
不自由で束縛されている
ように思ってるんだ
そりゃ惨めに見えるよ

でも私にとっての「飼われる」ことは
雨に打たれず風にも吹かれずに
暮らせるお家があるってことだ
おいしいものを食べられて
心から愛してくれる慢慢がいる
快適このうえない

だからね、私たちを
困らせるのはいつも
事実そのものじゃなく
事実への見方と
解釈なんだ
そう言われると
ソーカモ！

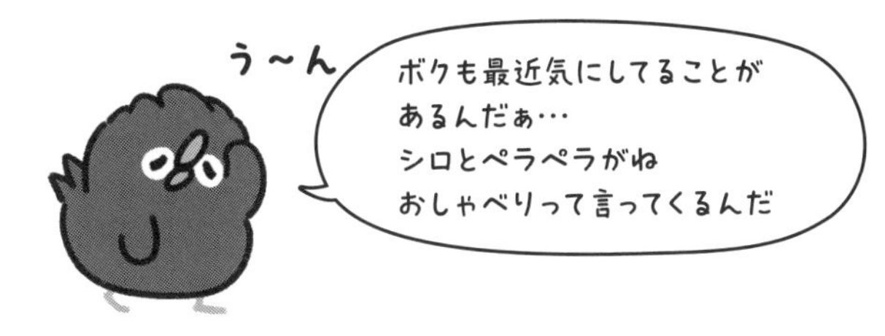
う〜ん
ボクも最近気にしてることが
あるんだぁ…
シロとペラペラがね
おしゃべりって言ってくるんだ

おしゃべり野郎だな
ガーガーっていつも
うるさいんだよ！

そんなこと言われるとしんどいね
じゃあ彼らのいう「おしゃべり」って
どういうことか考えてごらん？
そして君にとっての
「おしゃべり」はどういう
ことかも考えてみて？

シロにとっては
「落ち着かない」
ということなのカモ
それか「おしゃべり」なのは
嫌われることで、友だちが
いなくなることなのカモ

じゃあ君はその
考えに同意する？
そうは思わないカモ

ボクにとって
「おしゃべり」って
楽しいことなんだ
ボクのお話で
笑ってくれたら
ボクもうれしい

ふしぎ！　そう思うと
急にラクになったカモ！
そうでしょう　これが「受け取り方は
認知が決める」ということだ
同じことであっても
別の見方と捉え方をすれば
気持ちも変わってくる

でもそうしたらママ！
昨日ママに食べられたアイス！
ボクはどう考えればいいの？
アイスを食べられたって思わずに
代わりにカロリーを
摂ってくれたって思うんだ

そんな……

精神分析学において、大事なふたつの理論があります。「True self（本当の自己）」と「False self（偽りの自己）」という、イギリスの精神分析医ドナルド・ウッズ・ウィニコットが提唱した理論です。
もし自分の一挙手一投足が、すべて他人の承認を得るためにあり、社会の期待に応えるためにあるのであれば、いくら知り合いが多くても、成績が良くても、社会的地位が高くても、「生きている実感」は湧かないでしょう。
そういうときこそ、「偽りの自己」にとらわれていると言えます。

この章におけるソーカモは、勝ち負けに固執したり、他人の気持ちを意識しすぎたり、嫌われるのを恐れたりと、ネガティブな姿を見せていました。それは、本当の好き嫌いや気持ちを疎かにしてしまったことによるものです。
では、「偽りの自己」にとらわれないためには、どうすればいいのでしょうか。「本当の自己」を強く持っていればいいのです。そのために、自分は何が欲しいのか、何をしたら楽しいのか——自分自身を理解することがカギです。自分のことをしっかり理解していれば、外界に生じるさまざまなことも気にならなくなります。例えば、試合に負けても「過程が楽しければすべてよし！」と思えるようになります。または、他人に嫌われたとしても、自分が自分を愛せばいいと思えるようになります。
もちろん、誰しもひとりだけでこの世に存在しているわけではないので、他人の気持ちや意見も大切です。ただ、人生の道標にまでする必要はありません。
心理学者のアドラーはこう言いました。
「本当の自己を捨てたら、他人の人生を生きることになる」
あなたは、誰の人生を生きたいですか？

よくないと思う気持ちを封じ込めずに

少しずつでいい。
忘れた自分の気持ちを拾い集めよう

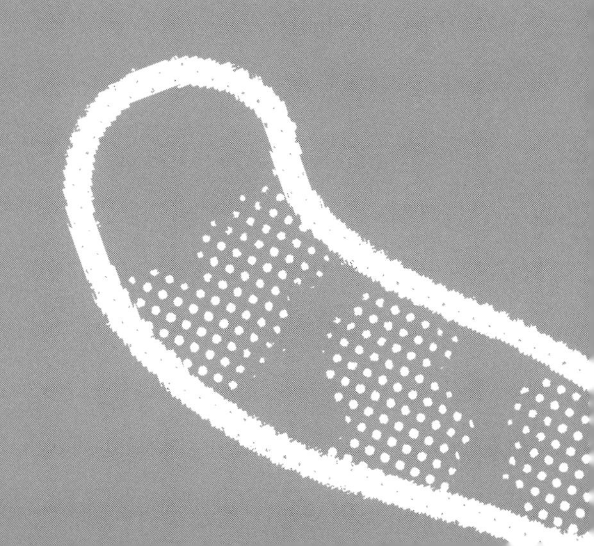

嫌なことは「嫌」でいい

何持ってるの？
シロがくれたドリンクでも飲みたくないの
しょんぼり

飲みたくないなら飲まなかったら？
でも、ボクが飲まないのを見てシロ、怒ったの
おごってやったのに飲まないとかなめてんのかって
一昨日飲んでたじゃん今日になって嫌とか俺のことをなめてんだろ
皆「おいしい」って！あなただけだよ嫌っていうの
それでも友だち？

もー！
とにかく今は
飲みたくないの！
強要しないでよ！

よく言った！
したくないことは
ちゃんと断って！
なで
なで
でも、いい理由が
思いつかなかったの
どうしたらよかった？

飲みたくないなら
「飲みたくない」で
それ以上いらないよ
「皆好き」は「君も好き」
にはならないし
一昨日飲んだからって今日も
飲まなきゃいけない
ことはない

でも…
そのせいで悪口言われて
無視されちゃったら？
そんなこと
考えなくていい
今ここにいる自分の
声だけを聞きなさい
そしてそれを
声に出すんだ

悪口を言われて
ひとりぼっちにされたら
先生に言って任せるんだ
おいで！

強要はダメだって
知ってもらう必要が
あるみたいだね！

何より大切な自分の気持ち

でもクロって、ボクの
消しゴムを勝手に取るのに
おやつを分けてくれるんだ
行動を見てもやっぱり
大事にしてくれるか
どうかわからないよ
君のことを大事にしてるか
どうかは 行動を見るだけでは
わからないよ
じゃあ
何を見ればいいの？
わからなくなったカモ
思い返してみて
クロと一緒のときは
どんな気持ちだった？

「バカモ」って言われるのも
消しゴムを取られるのも
嫌だった
うーん……
どうされても
気分よくなかったの

よけい学校なんか
行けないカモ
ベターン

それはダメ!
ひょい

学校には
クロだけじゃなくて
ダッくんもいるでしょ
ダッくんは
友だちだよね?

ダッくんと
一緒のときは
いつも楽しい！
ぱぁ
じゃあダッくんが
ボクの一番の
友だちなんだね！

ダッくんと
遊びに学校行く！
ビューン
行く気になったか
ダッくんに感謝だな

ベストチョイスはいつも心の中に

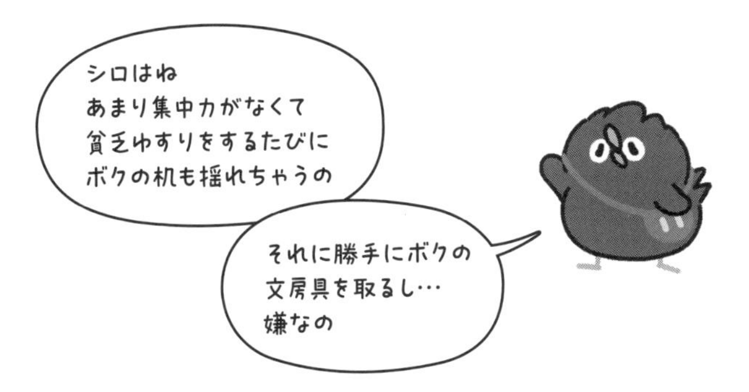

じゃあシロに
直接言ってみたら？
貧乏ゆすりや 勝手に
物を取るのやめてって
でも、これはもう
彼の性格じゃない？
変えられないカモ
それに、隣にいて
それを言うの
関係悪くしちゃうカモ

うーん…担任の先生に
言ってみるのは？
隣の席を替えてって
ダメダメ！
おおごとに
なっちゃうよ

はぁ…
ママ、どうしたらいいか
わからないカモ
悩んでるね…でも本当は
どうしたらいいか
もう決めてるんじゃない？

席を替わりたくないのは
窓からの風景を
見たいからでしょ
え？ どういうこと？

シロに言いたくないのは
平和なお隣同士で
いたいから
担任の先生に
相談したくないのは
迷惑をかけたくないから
選択肢を挙げてみると
わからないなんてことはない
どうしたいか
答えはもう出てるよ
そうカモ！ そう考えたら
お隣がシロくんのままでも
さっきみたいに
悩む必要がなくなった！

嫌なことに目を向けるより
優先したいものを
選んだあとで得られる結果に
注目してみるといい
そうすれば何が一番
大事で、何が一番
欲しいのかがわかるよ

たしかに！　窓の外を
眺めていればシロの悪いとこも
我慢できちゃう
これが今できる
ベストチョイスなのカモ！
そうだよ　よし、
じゃあ宿題しようか

でもママ！
今はアニメを見るのが
ベストチョイスだと思うの！

役に立つかより「好き」が大事なとき

それで、
どれにするか
決まった？
うーん…クラスの皆は
水泳か野外実習に
するんだって
水泳とミミズ取りが
カモの子には
大事なスキルだからって

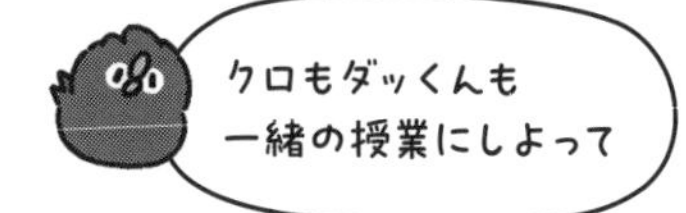
クロもダッくんも
一緒の授業にしよって

大事なスキルだからね
他は学んでもね…この
ふたつだけは使えるもん

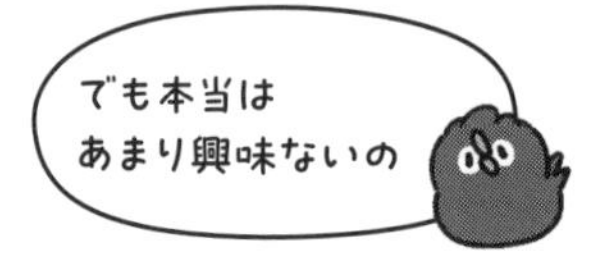
でも本当は
あまり興味ないの

アコーディオンが
いいんだね？
そうなの　アニメで
見てからあの音に
惹かれてたんだ
それに
弾いてておもしろそう！
本当に好きカモ！

じゃあそっちだ！
応援するよ
本当？　意味がないって
時間のムダだって
思わないの？

思わないよ
だって知ってる？
役に立つかどうかより
「好き」のほうが大切な
ときだってあるんだよ

私たちの本当の
気持ちだからね
自分の心の声をよく聞いて！
それが幸せになる秘訣だよ
ママのお話を聞いたら
悩まなくなった！
早速明日
アコーディオンの
授業を申し込むよ
じゃあママ…今夜はアニメを
たくさん見てもいい？ 宿題も大事
だけどアニメのほうが好きだもん
ダメ！ それでも
やらなきゃいけない
「大切なこと」ってあるから！

思ったことを言ってみる

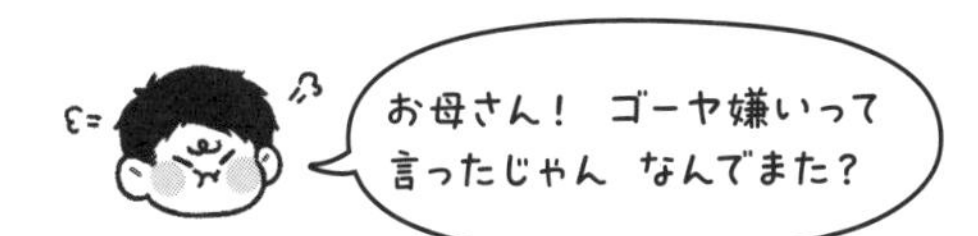

お腹すいてないなら
食べなくていいよ
おまえは本当に…

何が？
ママ！ みんなが
けんかしてるよ
心配カモ……

それは心配ないよ
けんかするほど仲がいい
ってことだ
このままずっと
無視しあったら……

どうして？
お隣の親子の会話を
聞いたことがあるよね

ある！ あのお母さんいつも
「あんたのためを思って！
なんでわからないの？」って

うーん
その子は怒ってるのに
そう言われたら
何も言えなくなって…

親も自分の好みがあるからね
なんでも子どものためだって
我慢することはないよ
あの人たちは
けんかしてないのに
不満なのがわかるよね
だよね！ 慢慢も
我慢してなかった！

そうしたら子どもも不満を言えるし
親の言うことを
なんでも聞かなくていい
だからいいことじゃない？

言いたいことを言えたら
けんかなんて関係性の
スパイスだよ！
言われたら
ソーカモ

次の日

かつて中国で流行した「内耗」という言葉があります。これは、内心で整理がつかない相反する気持ちを抱え、それらが葛藤し、ぶつかり合っている状態を指します。

なぜ衝突するのかというと、他人から与えられた考えが入り込んで、混乱しているからです。

例えば親、パートナー、友だちからの期待、社会の規範や要求など……。

他人の声を自分の心に取り込んだら、自分の心の本当の声が遮られてしまうことがあります。

「今、何が好き、何が嫌？」

「したいことは？　したくないことは？」

このような私たちの心の声は、往々にして他人の声にかき消されます。

成長とは、自分の心の声を拾い集めて、見つめ直す過程です。

ソーカモも同様です。彼もさまざまな問題に直面していました。

「クラスメイトに飲みものを奪られても、飲みたくないなら拒んでいい？」

「誰と友だちになる？」

「たくさんの選択肢から、何を選んだらいい？」

どんな問題に直面しても、私たちの心はすでに答えを出していることが多いのです。

「成功した人生とは、自分の気持ちに従って生きる人生だ」（監修者の言葉より）

心の中の声をよく聞いて、その導きに従ってみましょう。そうすると、なんでもない日常を、一生懸命に生きることができるでしょう。

第四章

親しき仲にも「境界線」あり

自分のことと他人のことを分ける

「反応が返ってくる」会話が一番うれしい

え？ 病気？

違う違う、慢慢の仕事は
カウンセラーでしょ？
だから相槌が多いんだ

仕事での癖が日常にも
染みついてるんだよ

へー！ なるほど

相槌は簡単に見えるけど
人間関係においては
すごく効果的だよ

考えてみて
人と話してて何を言っても
相手はちゃんとうなずいて
真剣に答えてくれるんだ

簡単な「うんうん」でも
まじめに聞いてくれてると思うと
もっと話す気になるでしょ

ソーカモ！　それを聞いて
クロを思い出したカモ
休憩時間にクラスの皆と話していたら
クロはいつも盛り上げてくれるの

どうでもいい話にも
興味を持ってくれるし
気まずい思いをしたこと
一回もないカモ

今日からボクも
何にでも相槌を打てる
カモになるよ！
それがいい！
もうできてるけどね！

?
クァ！ クァクァ！
クァクァクァ……
ニャゴニャゴ……

「好き」の表し方は単純に

クロが言うには
メイちゃんが好きで
友だちになりたいんだって
でも、さっきの行動では
全然好きに見えないけど？

ボクもよくわからない
でもクロがね
いじめるのは
自分を見てほしいからだって
「好き」を伝えてるんだって

じゃあさ、メイちゃんは
リボンをむしり取られて
うれしそうに見える？
うーん……
逆カモ……

だからね、リボンを
引っ張っていじめるとか
そんなの「好き」が
伝わるはずない
距離が開いちゃうだけだ
じゃあママ「好き」って
どう伝えればいいの？
簡単だよ　そのまま伝えて
やさしくして、喜ぶことをするんだ

注意点はふたつ
「誠実」に「そのまま」ね！
覚えたカモ！

クロ！　いじめちゃダメ！
メイちゃんのことが好きって
言っちゃえばいいのに！
……

なに大きな声で
話してんだよ！
愚息がまたも
やらかした…

楽しいときこそ思い浮かぶ姿

もぐもぐ……
わ、これおいしい
クロこれ好きかな
一緒に食べたいカモ

ドーンッ！
わあ、花火
キレー!!
クロがこんな
きれいな花火を見たら
絶対ガーガー叫んでる
たーまやー！

ママ、なんでだろう
楽しいときはいつも
クロを思い出すんだ
それで…
それで？

問題解決につながったり
寂しさを埋めてくれたり

でも、本当にいい関係だと
言えるのは、損得抜きで
そばにいてほしいって
思える関係だよ

例えば、君が何もせずに
そこに存在しているだけで
私が幸せに思うようにね

その頃のクロ

このお話おもしろっ
ソーカモがいたら
この本のこと
話せたのにな

「話がわかる」人の会話術

メイちゃんの
助けになれたらな
はぁ……
何をブツブツ…
メイちゃんが
どうしたの？

メイちゃんが
下校中に最近の
悩みを話してくれたの
何を話したの？

今それがボクの悩みなの
聞いてもよく
わからなかったから
友だちと気まずくなったとか
お母さんとの嫌なこととか

いいんだよ、焦らなくても
まず考えてみて
メイちゃんがなんで
君に話したと思う？
でも、慰め方も解決法も
わからないの
焦ってばかりで…

うーん……
いつも悩みがあると
話してくれるの
それを聞いてどこが
よくないかボクは言わないし
他のカモにも言わない

わかったカモ！
話してくれるのは、ボクに
「聞き役」になってほしいんだ！

そうかもね……だから
わかってあげられなくても
大丈夫だよ

そばにいて、静かに
つき合ってあげればいい
何かする必要はないんだ

たしかにソーカモ！
午後だまって話を聞いたら

ラクになったのか
「本当にありがとう」って
鼻歌まで歌ってたの

「話がわかる」というのは
必ずしも「話の内容がわかる」
じゃないんだ 「話してくれた
理由がわかる」もそのひとつ
それが「話を聞く」
コツだよ

なんで話してくれたか
ちゃんとわかったうえで聞けば
いい聞き役になれるはず

わかったカモ！ 今度は
ボクからママに問題です！
どうしてボクはママに
いつもなんでも
話しちゃうのでしょーか！
それは…私たちが仲良しで
お互いのことを好きだから
なんてことない話をしていても
幸せな時間なんだよ！

親しき仲にも「境界線」あり

変なこと言ってないのに
なんかつらくなっちゃって
ママ、ボクって心が狭いカモ

違うよ、君の「境界線」に
クロが勝手に入っちゃったから
そりゃ気分よくないよ

どんなに仲のいい友だちでも
自分のものと、相手のものは
ちゃんと分けるべき
でもクロくんはオモチャを
共有するものだと思ってる
それが君たちの「境界線」を
曖昧にしたんだ

え？　友だちなのに
線引きなんてするの？
もちろん、あらゆる関係性に
「境界線」は必要なものだ

でも、そこでオモチャを
貸さなかったら
友だちなのにって
思われない？
その逆で、友だちだと思ってるなら
オモチャを壊された君が
どんな気持ちなのか考えるはずだ

ソーカモ…
じゃあ「境界線」は
どう引けばいいカモ？
素直に言ってみて
「ボクはオモチャを壊されて怒ってる」
「自分のを代わりに差し出すんじゃなくて
悪いって言って欲しかった」って

自分が何に怒り、何が嫌なのかを
ちゃんと言わないと
相手もつき合い方がわからないよ

覚えておいて
「境界線」は親密な
関係における前提だよ
わかったカモ！

じゃあボクとママにも
「境界線」って必要？
それは
もちろん
じゃあ今夜はボクがベッドを
ひとり占め！　ママはソファ！

人間関係において、このような経験はありませんか——。

・相手からしばらく返事がこないだけで、焦りと不安を感じてしまう
・関係性を維持するために、自分の考えを抑えてしまう
・相手を自分が望む「よりよい姿」に変えたい
・相手を救いたい／相手に救われたい

このような経験をした、もしくはしているのであれば、それは相手との境界線が曖昧になっているからかもしれません。実は、人間関係における悩みは、こうした境界線が原因になっていることが多いのです。

心理学に「課題の分離」という言葉があります。簡単に説明しますと、何が自分の課題なのか、何が相手の課題なのかをしっかり認識したうえで、各々が自分の課題に対して責任を負います。これが境界線に対する最もいい姿勢です。

もちろん、境界線をしっかり引くことは、相手との間に冷たく、高い壁を築くことを意味するのではありません。

自分が独立した人間であることを主張するため、誰にも助けを求めない人もいます。または、自分の境界線を守るために、他人から自分に対する言動すべてを邪魔だと捉えてしまう人もいます。これらも、健全な境界線とは言えません。

健全な境界線は、柔軟性を備えています。自分の課題に対して責任を取りながら、他人への欲求も素直に伝えられる。独立した人間でありながら、他人を信用し、よい関係性を築ける。

この章でフロイトがソーカモに言ったように、何が苦手で何が嫌なのか、勇気を出して言うことが重要です。そうしないと、相手も接し方がわかりません。境界線こそ、親密な関係の基礎なのです。

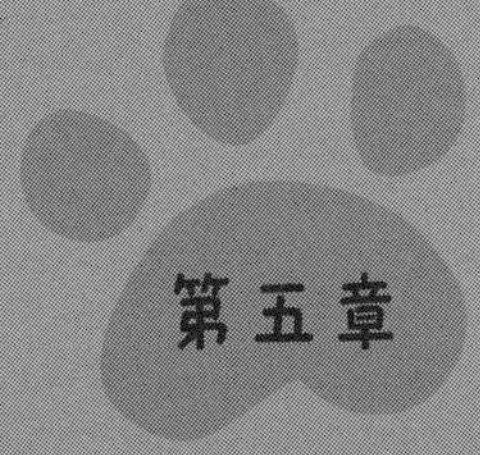

自分の気持ちに胸を張って

好きなものは好き、
嫌いなものは嫌いでいい

他人の不機嫌の責任を取る必要はない

でも１班の子が不満そうに
してた気がするカモ

放課後すぐ帰る子がいるんだけど
掃除のために残ってて嫌そうだった

クワッくんも
昨日話しかけて
無視されたの
わかんないけど
ボクに怒ってるカモ

待って！ 何も言われてないでしょ？
憶測で考えるのはやめようよ
何も言わないのは
怒ってて口もききたく
ないからだったら
どうしよう

そんなこと考えなくていい
向こうがローテーションに
不満があったら
直接言ってくれれば済む話だよ

不満に思っているのに
それを言わないのは
彼らの選択だ
君の責任じゃないよ
それもソーカモ

君も不満があれば言うんだよ
私が嫌な思いをさせたら
ちゃんと口に出しなさい
言わないと
自己責任になるからね

じゃあひとつだけ！ 釣りに
連れてってくれるって言ったのに
まだ行けてない！
ア、アハハ……
それはまた今度ね

謝ることは許しを
強要することではない

ごめんごめん
でもわざと
じゃないよ
フンッ
って言ったらもっと
怒らせちゃった……

まず聞くと何のために
謝ったの？
もちろん許してほしいから！
早くお互い水に流して
これからも仲良くできるように

それは違うよ
厳しいことを言うようだけど
謝ることはそういうことじゃない
早く許されたいからじゃなくて
責任を負うために謝るんだよ

どういうこと？
考えてみて　自分のものを
他の子に壊されたら
どんなふうに謝ってほしい？

悪かったって認めて
真剣にごめんなさいって
言ってほしいカモ！
ぷんぷん！
なんで怒ったかも
ちゃんと理解してほしいし
壊したものを直してほしい！

ほらね、謝るって
こういうことだよ
自分が許される
ためじゃない
相手を傷つけたことに
しっかり向き合うことだよ

なるほど、わかったカモ！
まずは新しいボールを作るね！
それを持って 明日もう一度
モコモコにちゃんと謝るよ

自分の間違いを認めて
行動で示すことが
できれば
ブチッ
時間がたって相手の
怒りが収まったら
自然と……

——今何したの？
毛を抜いたの！ モコモコに
謝るためのボールにするカモ！

関係性はけんかではなく我慢によって壊される

ちゃんと本人に
怒った？
できなかった…

友だちだもん
けんかして嫌われるのが怖い
それで遊んでくれなくなったら
どうしよう？
我慢して平気な
ふりするカモ

それで本に気持ちを
ぶつけたんだ
ソーカモ

友だちを大事に
してるんだね
でもけんかしなければ
ずっと仲良くいられるわけじゃないんだ
むしろ我慢するほうが
時に友情を変質させてしまう
じゃあ
どうすれば
いいカモ？

怒ってもいいから
ちゃんと気持ちを
伝えるんだ！
でも怒って
傷つけたら
どうするカモ？

もちろん手が出てしまってはダメだよ
自分の気持ちを適切な方法で
伝えるんだ
いい関係性だとお互いの
気持ちも
けんかも許容できるんだよ

じゃあママはいつも
どうやって怒ってるの？
シャー!!
私たち猫は「シャー」っていうんだ！
シャーシャーシャー!!

わかったカモ！
ダッくんに
「シャー!!」してくる！

期待に応えられなくても悲しむ必要はない

皆がそれを
口に出したの？
ミミちゃんがね
ぬか喜びだったって
他の子は何も言ってないけど
絶対がっかりしてるよ
それは皆が
問題なんじゃなくて
君が自分にがっかり
してるんじゃないの
よくわからないカモ

皆の期待に応える自分に
なりたかったけど
ミミちゃんの反応で
そうなれなかったのがわかって
自分にがっかりしたって
ことだよ
たしかにソーカモ

そもそも皆の期待に
応えるなんて不可能だし
その必要もないよ
君も私も、慢慢も
誰にもできないんだ

「皆の期待に応える自分になりたい」
って願っちゃうと
自分への落胆も不満も増えてくるよ
それを聞いて少し
ラクになったカモ

……私の缶詰
つまみ食いした？
がっかりされて
いいカモ！

嫌いな気持ちを堂々と表す

でも先生が
「いい子はけんかしちゃダメ」
「仲良くしなきゃ」って
嫌ったら悪い子に
なるカモ？
ならないよ
嫌いなら無理して
近寄らなくていい

ひとつ聞くね
好きなクラスメイトは
ちゃんといるの？
いるよ　ダッくん、キキ、
ハナちゃん、ユキ……
みんな好きカモ

ほら、ちゃんと
仲良くできてるじゃない
悪い子なはずがないよ
それに、はっきりと
「嫌い」って言えるのは
いいことだ

例えばね、私はビーフ味の
カリカリが嫌いだから食べない
好きなサーモン缶のために
胃袋を空けとくんだ
心も胃と一緒だよ　嫌いな人に
無理してつき合う必要はない
気力と時間を本当に好きな人と
楽しく過ごすために
取っておくんだ

わかったカモ
好きな友だちと
遊びにいく！
ひょい！

いってらっしゃい！…これで
サーモン缶はひとり占めだ

精神分析において、「Aggressiveness（攻撃性）」は重要な概念です。

字面だけを見ると、ネガティブな言葉として捉えてしまうかもしれません。私たちが尊ぶ価値観とは逆行しているように思われることもあるでしょう。そのため、人々は「攻撃性」を危惧し、抑え込もうとします。しかし、ネガティブな気持ちを合理的に発散させるための「攻撃性」もあります。同時に攻撃性は、自分に危害を加える行動を拒否するためにあります。

攻撃性は、他人への敵意ではなく、その人の生命力の表れです。

本章では、ソーカモはフロイトの導きで、我慢や妥協ばかりをする子から、他人に「ノー」と言える子に成長しました。

子どもは大きくなるにつれ、自分の人間関係を築くようになります。子どもが穏やかな人間関係を築けるように、「いい子にして」「我慢して」などと教える親もいるでしょう。しかし、それでいい人間関係が築けるというのは親の思い込みであり、さらに言うと、子どもの攻撃性を抑制してしまいます。

攻撃性を持つことで、子どもが悪い子になってしまうことを危惧する必要はありません。大事なのは、子どもを導くことです。どうすれば健全に攻撃性を発散できるか、親も知っておく必要があります。

それを教えることで、子どもも徐々にわかるようになるのです。

自分は何が好きで、何が嫌いか。

傷つくこととは。愛とは。

自分が嫌だと感じることをはっきり理解して、ちゃんとノーを言えるようになってはじめて、子どもは健全な人間関係を築けるようになるでしょう。

第六章

注意の対象を「今」に

太陽、そよ風、花の香りを楽しむ

有用なことだけするのは一番消耗する生き方

そう思い始めたら
だらだらしてるのも
チョウチョを追いかけたのも
いい感じの棒を拾ったのも

意味ないんじゃない？
って思えて、せっかくの午後を
こんなことに使っちゃって
何のためにもならないなって

お昼休みに池のそばで
お魚を眺めてたら――
お魚なんか見て何になるの
時間のムダだよ　昼寝して
午後の体育のために
体力を温存した方が有意義

それを先生にも言ってるの
自然観察の宿題でオタマジャクシを
観察することになったけど――
先生、それって
何の意味があるの？

そうだよ　ボクまで
緊張して力が抜けないの
でも、たしかにって思ったんだ
意味のないことは
必要ないって
うーん…なんか
クワッくんも疲れる
生き方をしてるね

たしかに成績に繋がらないし優秀なカモになるためには役に立たないかもしれないけど

でもアリさんが列になって食べ物を運んでるのを何も考えずに眺めていると悩みも忘れていくの

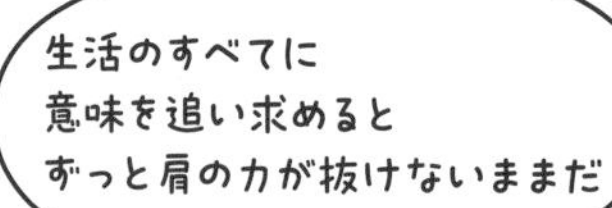
生活のすべてに
意味を追い求めると
ずっと肩の力が抜けないままだ

好きなだけ好きなことして
楽しければ「無意味」でも
いいんじゃない？

たしかにソーカモ！
じゃあもっと棒を
拾ってきてもいい？
何に使うわけじゃないけど！
好きなだけ！

どっから来たの
この枝!!

疲れを感じたら一旦置いておこう

スイ
スイ
放課後はプールに行って
友だちとミミズ取りもした

充実してるね
そうなの　やるべきことを
全部した…なのに達成感が
ないの　ただただ疲れた

それらは本当に
したかったことなの？
そうでもなかったカモ
体育委員の立候補も
ミミズ取りも本当は興味ないの
でも皆がおもしろいからって

ママ！　わかったカモ
何が自分を忙しくさせて
疲れたのか

何でもやろうとして
本当にやりたいかどうか
ちゃんと考えてなかった
そうだね、できることが
たくさんあるからこそ
本当にやりたいのか考えないと
「積載オーバーな汽車」
のようになってしまう
「積載オーバーな汽車」はね
「よさそう」と思うと
手当たり次第積んじゃうから
容量オーバーになってしまうんだ
ガタンゴトン

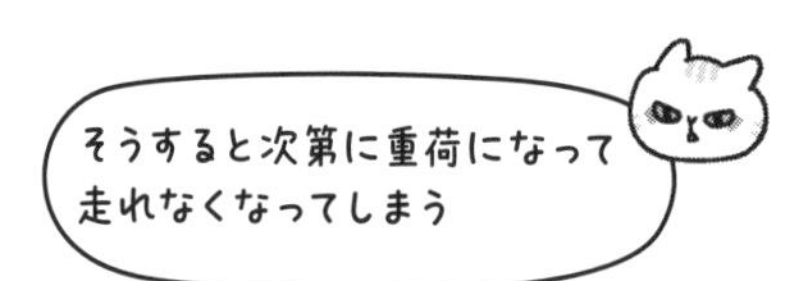
そうすると次第に重荷になって
走れなくなってしまう

…ガタン！

そういう汽車に
なるのは嫌カモ
ボク、やることを断捨離する！
本当にやりたいことだけして
自由自在な小舟になりたい！
応援するよ！

さらば母よ！ 今夜から
遠くへ漕ぎ出すから～♪
出航～！

「誰よりもっと」の考え方は時に不幸を招く

今日はね、1周目に
ダックんとシロに
シュッって抜かれて
それで焦っちゃって

追いつこうと
スピードを上げちゃった
最後は
バテバテになって
不合格に
なっちゃったの
ううっ…
なるほどね…他の子に
影響されてペースを
乱されちゃったわけだ
ソーカモ…… 普段は
ひとりで練習してたから
集中できてたの

ふたりの背中を見ると
みんなよりも速く！って
思わず駆け足になっちゃった

自分でもわかってるね
彼らのペースに
引っ張られたから
最後まで走れなかった
ソーカモ！
それに普段よりも疲れたし
息切れもひどかったし
最後は動けなくなっちゃった

だからね、皆それぞれ
自分のやり方やペースがあるんだ
他の子のペースをまねる必要はない
自分のペースを
つかむことが大事

今度の長距離走は
どうすればいいか
わかるよね
わかったカモ！
自分のペースで走る！

じゃあさ、ママ
慢慢がずっとテレビ見てて
仕事が全然進んでなかったけど
それも彼女のペースなんだね
えっと…そうカモね

他の人が先に答えを出しても焦る必要はない

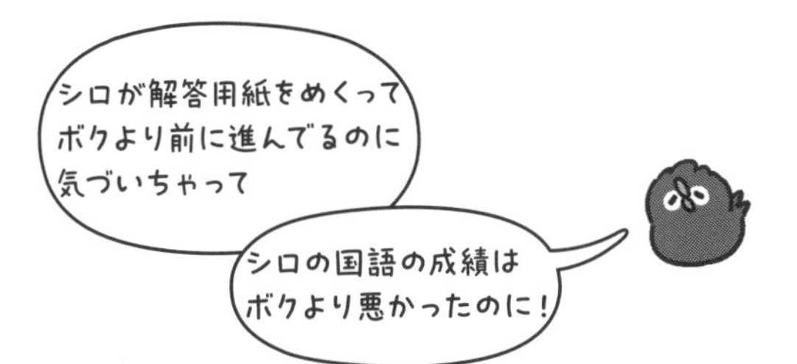

サッ
あのページをめくる音！
一瞬で胃がギュッとなって
集中できなくなっちゃった

今日のテストって
そんなに簡単だった？
ボクは遅いカモ？
どうしようどうしよう

メイちゃんも早かった
早々に鉛筆を置いてたの
それがわかるともう焦って焦って
え!?

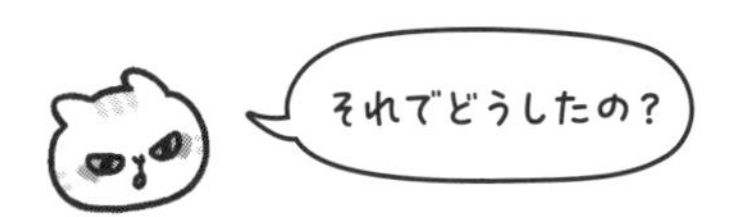

もっと急いで解いたよ

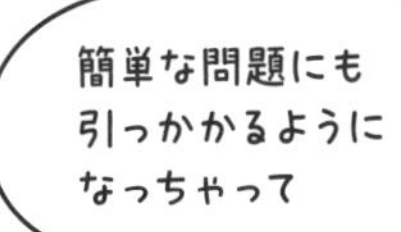

それで？

時間だけが進んで
最後はとりあえず
適当に埋めちゃった

仕方なくそれで
出しちゃったの

ママ！　なんで
問題が急に難しく
なっちゃったの？
そうじゃないよ
君が難しく
しちゃったんだ
トボトボ

ボクが？
そう、最初は目の前のことに
集中してて自分はできるって
信じてたでしょう？
だから問題に専念できた

でも途中から
周りに影響されて
自分を疑うようになって
集中力もなくなった
はぁ…

だからね、他の人が解き終えても
焦って適当に答えを出すことはないんだ
テストしかり、生活しかり、
自分のペースでいけばいい
わかったカモ！

じゃあ町の猫がみんな
ダイエットを頑張ってるのに、
ママは相変わらず
食いしん坊なのも
自分のペースなんだね
……
ぴゅ〜♪

遊び心が余裕を生む

やったー！　やっと
遊園地にこれた
ダッくんから
攻略マップ
もらったの
何が書いて
あるの？

スプラッシュボート
ジェットコースター
ゴーカート……
じゃあ
行こう！

どれから
並ぼうかな？
どれでもいいよ！
どれに一番乗りたい？

うーん…どうしよう
ダッくんのおすすめが
楽しくなかったら？
長蛇の列だったら？

それに、どれが好きなのか
わからないし…たしかに
楽しそうに見えるけど
怖かったらどうしよう？
やっとこれたのに
選択を間違えて時間を
ムダにしたくないカモ

そうこうしてるうちに
もう 20 分も
過ぎてるよ

今日は遊びに
きたんだよね
迷うことに
時間を使うの？

どのアトラクションも
経験だよ 経験には
いいも悪いもないんだ
それでもし
楽しくなかったら？

それは楽しくない経験を
したと思えばいいよ
楽しくなかったねーって
次に行けばいい

そう！
日が落ちる前に
遊び尽くそう！
たしかにそう思えば
迷わなくなった！ まずは
体験してみることだね

あ…海賊船だ
これが一番怖い
ママ！ 早速だよ！
何事も経験でしょ！

人生の意味とは何でしょう。この問いは、物心がついたら誰しも一度は考えたことがあるはず。でも、いくら探し求めて大人になっても、答えが見つかるとは限りません。目標を多く達成すれば、人生は意味のあるものになるのでしょうか。一歩、また一歩と地に足をつけて、着実に人生の階段を上っていけば、有意義な人生にできるのでしょうか。

この本における真に有意義な人生とは、自分の気持ちを尊重する人生を指します。ここでの気持ちというのは、すなわち人生におけるさまざまな体験のことです。今日の日差しはまぶしかったと、自分の目で体験してみること。今日のそよ風はやさしかったと、指で体験してみること。今日見つかった花はいい香りだったと、鼻で体験してみること。今日の自分は、どんな気分だった？と心で体験してみること。そんな、感覚的な体験です。このような感覚的な体験とは対極にあるのが、私たちの思考です。そのため、私たちは頭の中の思考に支配されてしまうと、感覚から遠ざけられてしまいます。

例えばこの章で、テスト中のソーカモが、他のクラスメイトが問題をささっと解くのを見て、「先を越されてしまう」と考え、そこから集中して解けなくなってしまいました。クワッくんは何をしていても頭の中ではずっと、これは役に立つ、これは役に立たないと損得勘定をしてしまう。遊園地に行っても、ソーカモは攻略マップを参考にしすぎるあまり、遊びなのに自らに課題を与えてしまう。

人生は、課題解決のためにあるではありません。思考に溺れてしまうと、不安ばかりが膨らみ、過去は後悔するものに、未来は心配するものに変質してしまいます。そういうときは、「～のほうが有意義」「～すべきだ」といった思考から抜け出し、体と感覚に任せて、「今」を体験してみましょう。その「今」の積み重ねが、人生になるのだから。

第七章

すべての出来事に対して どっしりと構えて

時にはネガティブに浸ったっていい

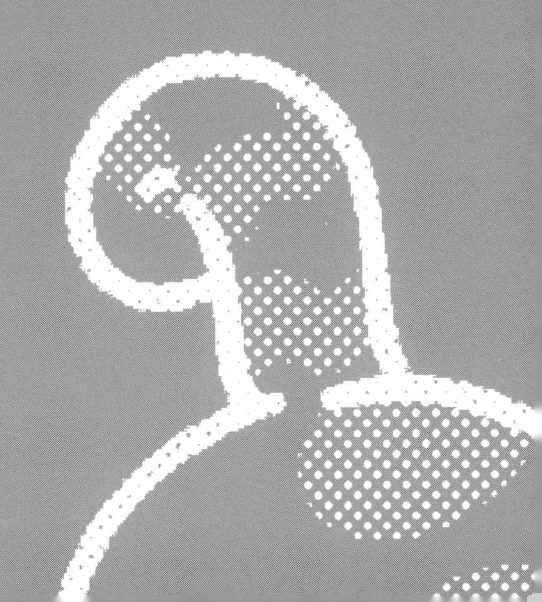

つらいときは雨に降られたと思おう

そのうえ今は
突然の雨で
傘がなくて
もううんざり！

そう？ でもちゃんと
対応できてるじゃん
できてないよ
雨がやむのを
待ってるだけだよ

おバカさんだね
雨宿りも対応のひとつだよ
え？ 待ってるだけ
なのに？

誰も雨を止めることはできない
でもそれは誰のせいでもない
だから素直に
受け止めればいいんだ
人生上の出来事もしかり
どうしようもないことは
グチっても自分を責めても
何も変わらないからね
起きたことをただ受け止めて
あとはしたいようにする
ソーカモ！　縄が切れたのも
水たまりを踏んだのも
ボクのせいじゃないカモ
その通り！

ママ、じゃあ縄は
隣のクラスの子から借りたし
濡れたカモ足もちゃんと洗った
それで対応できてるよね
そうだよ　じゃあ
帰りましょう
よいしょ

ママ、どこから
傘を持って来たの

傘はずっと持ってたよ
ここでもう少し
雨を眺めたかっただけ
もー！

つらいときは無理に笑わなくていい

もう何日もたってるのに
なんでまだつらいんだろう？
つらいのがずっと居座ってて
もう嫌カモ
その「つらい」のを
早くよそにやりたいのね
ソーカモ　じゃなきゃ
楽しくなれないカモ
本当はね、つらいのも楽しいのも
どちらも大事な気持ちなんだ
気持ちにいいも悪いもない
どちらも体験する価値がある
そのつらさは今、君と一緒にいたいんだ
だから急いで追い出すことはないよ
もう少し寄り添ってあげて
寄り添う？

大声で泣いても、誰かに話しても
いっそのことのたうち回ってもいい
つらいときはしたいことを
いっぱいしたらいいんだよ
無理して元気になる必要はない

わかったカモ！ ちゃんと
自分のつらさに寄り添う！

ママ～つらいときはママに
寄りかかりたいカモぉ～
……お好きに

がっかりしないコツは
人を変えようとしないこと

大丈夫だよ茶太郎！
ボクとママがいるから！

よし、着いたよ
ダダッ！
ママ!!
ただいま！
え！

ねーママ、茶太郎が
そのまま帰っちゃったよ
何だか気分がよくない！
バターンッ！
そう？ 何で？

わざわざ送り届けて
あげたんだから一言
あってもいいじゃない
お家に上げてとは
言わないけど
せめてお礼はほしいカモ
むっ
忘れてるだけかもよ
よほどお母さんに
会いたかったんだろうね
どっちにしろ　他人を
変えることはできないから
気にすることないよ
茶太郎を助けたかったのは
本心だよね　じゃあお母さんに
会えたのを見てどう思った？
じゃあ、どう
考えればいいの？

うれしかった！

それでいいじゃない！
正しいことをした君の輝きを
必ず誰かが見てるよ
このきれいな夕日を
ボクが見ているように？

うん そうだよ

次の日
きのうは　おくってくれて
ありがとう。　ささやかな
おれいだけど　きにいって
くれたら　うれしいな

泣くのも問題解決につながる

～1分後～

クロに泣きつこうとしたら
メイちゃんとふたりで
はなまるをもらって
喜んでた

それを見たらなんだか
ショックで恥ずかしくて
泣き出したかったカモ

ギュッ……

なんで我慢したの？
だってボク男の子だもん
泣かないもん

何言ってるの 慢慢の息子の
航くんも、夫の越さんも
泣くときは泣くよ
性別とか関係なく
泣きたいときに泣けばいい
ベターン
でも泣いてもしょうがないよ
泣いても、はなまるはもらえないし
友だちのように優秀にもならないし

いや、泣くという行為自体
意味のあることだよ

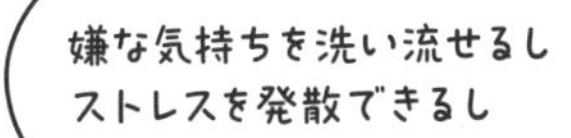
嫌な気持ちを洗い流せるし
ストレスを発散できるし

目が潤うんだよ

泣くのってそんなに
役に立つんだ!
じゃあなんでお隣のお父さんは
「泣いても問題は解決しないぞ!」
って子どもに怒ってたの?
わからず屋なんだよ
泣くのも解決法なんだ
私だって泣くし

前にママのおやつを
こっそり食べちゃったの
泣いてた?
……

「ABC Model（ABC モデル）」という論理療法における考え方があります。臨床心理学者のアルバート・エリスが提唱したもので、ABC モデルにおける A は、「Activating Event（出来事）」。B は「Belief（信念）」、A の出来事に対する私たちの認知の仕方、捉え方。C は「Consequence（結果）」。つまり出来事に対して、私たちがどういうことを思い、どういう感情が生まれ、どう行動したかという結果。

このように、A→B→C と、出来事の原因に対して、私たちの脳内で処理される過程を示すのが、ABC モデルです。このモデルでは、結果として生まれた私たちの気持ちを左右するのは、本当は A の出来事自体ではなく、B の、私たちの出来事への認知であると唱えています。

本章では、ソーカモはさまざまなつらい気持ちを味わいました。苛立ち、落ち込み、疲れ、悲しみ、憂鬱――これらは、私たちも人生でぶつかる課題です。しかし、この ABC モデルで考えると、私たちを苦しめるモノは、本当は出来事自体ではなく、むしろ、私たちの心にあります――つまり、出来事に対する「捉え方」だったのです。

どうしようもなく湧き上がる負の感情に、あなたなら、どうつき合っていきますか。逃げ出そうとするか、抑え込もうとするか、あるいは消し去ろうとするか。それとも――向き合い、受け止めようとしますか。つき合い方を変えれば、負の感情が私たちに与える影響も変わってきます。回避と抑圧はかえって心に澱みを作ってしまいます。負の感情はなくならず心の底に溜まっていき、やがて心が耐えきれなくなったときに噴出してしまう。消滅させようとする試みも、結局は気持ちへの否定になり、逆に新たな負の感情を生み出して私たちをさらに消耗させます。

向き合って受け入れることで、負の気持ちから徐々に抜け出すことができます。ソーカモのように、いっぱい悩み悲しんで、その気持ちにたっぷり浸かることで、私たちも本当の意味で「よくなれる」でしょう。

不安を口に出してみる

すると、
それほど悪い状況でないことに気づく

不安なときは、その気持ちを擬人化しよう

その緊張に
かわいい名前を
つけるんだ
え？ それだけ？

私の例を話そう
昔、慢慢がお風呂に入るたびに
溺れたらどうしようって不安で
扉の前でずっと待ってたんだ
毛まで抜けちゃって…
さすがにはげたくないからね
自分を落ち着かせるために
まずはその不安に名前をつけてみた
「心配性のまるちゃん」ってね

それでも慢慢がお風呂に入るたびに
まるちゃんが心配して飛び出すんだ
危険な目に遭ってほしくないって
それで？

まるちゃんを説得したんだ「君は水が
怖いから、慢慢も危ないんじゃないかって
心配してるんだよね　でも知っての通り
慢慢はいつも無事じゃないか」って
そう慰めたら、まるちゃんの
不安はなくなりました
あはは！　ママってば
おとななのに、水が
そんなに怖いんだね

むっ
……真面目に話してるんだ！
とにかく気持ちに名前をつけると
距離をおいて考えられるでしょ
客観視できたら
気持ちを落ち着けて処理できるんだ
怖がる必要はないって気づくよ
じゃあ、ボクのこの緊張に
何て名前をつけようかなぁ

自信のないクーちゃんにするか
クーちゃんは急なテストで
悪い成績を取っちゃうのが嫌なだけ
いい名前じゃ
ないか

待って、どこに行くの？
テストの予習は？
ダッ！
急かさないで！ まずは
クーちゃんと一度よく話すの

問題自体ではなく、気持ちがあなたを押しつぶす

じゃあ
どうする？
わからないカモ…後悔と
自己嫌悪でいっぱいカモ
どうすればいいかわからなくて
動けなくなっちゃった…
ママ、助けてくれない？

無力感でいっぱいなのはわかった
でも動けなくさせちゃったのは
起きたこと自体じゃなく
今あるこの自己嫌悪と後悔じゃないか
わからないカモ

一度整理するね
まず明日絵を提出する
でも描き直したら間に合わない
これが今の問題だよね
ソーカモ

じゃあ、この問題に
対する解決法を
考えてみて？

例えば
もとの絵を見て描いて
一回簡単に
仕上げるのはどう？

それなら簡単カモ！
何で思いつかな
かったんだろ
君を困らせていたのは
問題そのものじゃなく
気持ちだからだよ

ひとりで問題を解決できたんだ
でも気持ちに惑わされて
パニックになると、できることも
できなくなってしまう
たしかに、
そう言われると
落ち着いてきたカモ

そうでしょう、はっきりと問題点を
捉えて何ができるかを考えれば
どうしようもない気持ちも
怖いモノじゃなくなる

つらかったよね、缶詰を開けてくるよ
絵を描き終わるまでつき合うね
ぱぁっ
ママ大好き!

焦りに勝てないなら逃げてもいい

ジムを体験してみない？
夏のうちに青春も脂肪も
燃やし尽くそう！
汗水流して
君もナイスバディに！

おかしいカモ
毎回この街を歩くと
焦っちゃうんだ
何に焦るの？

晴れやかな気持ちも
さっきの言葉を聞くと曇って
自分を責めちゃうんだ
ほう…じゃあダイエット
のためにジムに通う？

別にダイエットはいいカモ！
ぷにぷにでもボクはかわいい！

でも…最近ごはんを
食べていると
あの勧誘の声が
再生されちゃうんだ

食べすぎカモって思うと
おいしくなくなるの

次の日

それらのノイズに耳を傾けず静かな心でやりたいことに専念するんだ

自分を責める代わりに目の前のおいしいものを楽しむとかね

ママ！　あそこの
りんご飴食べたい！
そこのお菓子屋
また新作が出てるよ
たこ焼きもポテトも
おいしそうカモ！
ビューン！
やっぱり
また別の道にするか

不安の正体を突き止めよう

もっと具体的に、
何に緊張してるの？

うまくできなくて
転んだりしたら
どうしようって

そんなこと、
必ず起こると思う？

そんなことないけど
毎日ラジオ体操してるし！
でもとっさに忘れることはあるカモ

忘れないために
どうすればいいと思う？

大会前にもっともっと
練習すれば忘れない！
でもやっぱり緊張するカモ
全校生徒の前でやるんだもん

生徒たちの目を
気にしないためには？

うーん…友だちの前で
一回踊ってみるとか！
そしたら怖くなくなるカモ

あれ！
ママと話してるうちに
不安がなくなってきた

そうでしょ　不安というのは
正体の見えない気持ちなんだ
巨大で正体不明な怪獣のようにね
でも具体化していけば
倒せるようになる

問題に直面したとき
不安に駆られたらひとつひとつ
自分に聞いてみるといい――

「何に不安を感じてる？」
「それは本当に起こりうること？」
「じゃあそれに対して今から
できる対策は？」

こうやって聞いていくと、大きな怪獣は
バラバラになって、小さな怪獣になり
はっきりと見えるようになるんだ
のび～

それでも倒したことには
ならないけど、一匹一匹
対策すれば不安も軽減される
……ちゃんと
聞いてる？
よいしょ
今からラジオ体操を
練習するよ！
間違わないように見てて

やぶへびだった…今度は
私が眠れなくなる番だ…

天は乗り越えられる試練しか与えない

君の手に負えないなら
先生に言って
他の人に代わって
もらえばいいよ
それは大変だね

それならやる気を
上げるために
魔法の言葉を教えよう
「課題を課されるのはボクに
解決できる能力があるからだ」
これを心の中で３回
唱えるんだ
簡単に放り出したく
ないカモ、ちょっと
疲れただけカモ

課題を課されるのは
ボクに解決できる
能力があるからだ
課題を課されるのは
ボクに解決できる
能力があるからだ
課題を課されるのは
ボクに解決できる
能力があるからだ

この言葉を唱え終わったら
考えてみて、この試練を
乗り越えたら何を得られる？
なんだか力が
湧いてきたカモ
クラスメイトや先生と
いい交流ができるようになる

そうだ！　先生が
ひと仕事終わったら一週間分の
アイスをおごってくれるって！

足元に気をつけて！
もう！　結局はアイスか
もう悩むのはやめる！
すぐに計画を書き出さなきゃ！
よし！　やるぞーっ！

現代において、不安のタネはどこにでも潜んでいます。

外見への不安、仕事への不安、育児への不安……これらの不安に襲われると、何も反応できないまま恐怖に呑み込まれてしまいます。そんな渦の中にいると、立ち止まって自分と向き合うことを忘れ、心を置き去りにしてしまうのです。

一体何に不安を感じているのでしょう？

そのことに対して、具体的にどんなふうに感じていますか？

このように自分の心に聞いて、ひもとくのがいいかもしれません。

例えば、周りについていけないのが不安だ感じたときに、「じゃあ、歩くスピードを緩めたら、どんなことが起きると思う？」と、逆の視点から質問するのはどうでしょうか。

もしくは未知の困難に、漠然とした不安を抱くこともあるでしょう。そんなときは、未知なる困難を、既知の困難に変えられるように具体化してみましょう。そうすると、自分が何に対して立ち止まっているのかがわかります。実は不安というのは、いい「しるし」なのです。

本章のソーカモを振り返ってみましょう。彼が多くのことを一度にやろうとするのは、そもそもやりたくないことだったから、手早く片付けたかったのです。翌日の大会に不安を感じるのは、自分の能力を低く見積もりすぎたからです。

ソーカモのように、不安をひとつひとつ具体化して寄り添ってみると、気づくことがあります——私たちが考えるほど、悪い状態ではないと。さらに、私たち自身に対しても気づきが得られます。本当は、不安を乗り越える力を私たちはすでに持っていると、気づくことができるはずです。

第九章

本当の自分を見つめる

レッテルに警戒せよ：自分は毎日新しくなる

脳とつき合うコツは
否定形を使わないこと

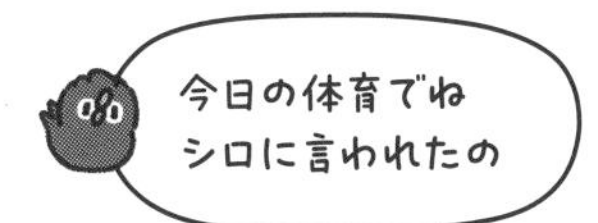

でも考えれば考えるほど
体がいうことをきかなくなって
逆にどんどん足が
開いちゃうんだ

実はね、私たちの脳は
否定形の指令を
うまく処理できないんだ
ひていけい？

アレをやめろコレをやめろとか
そういった指示が苦手なんだ
逆にやめてほしいことに
注目しちゃう

つまり「足を開かない」って言うと
逆に「足を開く」って
脳が思っちゃうってこと？
そうだね

じゃあどうすれば
思うままに歩ける？
そういうときは肯定形を使うんだ
例えば「指先は前に！」とかね
そのほうが脳にはわかりやすい

でも足を広げたから
って何？ 私もそうだよ
慢慢が何も言わないのに
シロに言われる筋合いはないよ

外に連れ出すのがいいとは限らない

お昼のいつメンに
誘ったの

ボクの友だちを紹介して
暇なときは話しかけてって

あと図工の授業で
もっと挙手して発言してって

でもモンモン
嫌がってた……

放課後に言われたの
本当は自分ひとりの方が
ラクだって

良かれと思って
やったのはわかった

でも実はね、すべてのカモに
それぞれの性格があるんだ
君のように社交的なカモもいれば
内向的なカモもいる
モンモンのようにね

君はよくしゃべって
よく笑う
活発な自分が好き
じゃあおしゃべりが好きじゃなくて
隅っこにいるのが好きという
カモがいるのも当然
ソーカモ

その子が好きなら
普通にそばにいればいいよ
無理して変えようと思わないで
わかったカモ！

じゃあママはボクの
おしゃべりなところ、好き？
好きだよ 静かでも賑やかでも
内気でも活発でも
君らしくいればいいよ

堂々と嫉妬しましょう

何してるの？
最近ブサイクに
なってる気がするカモ

ひとに嫉妬すると
そうなるって聞いて心配カモ
ほう？ 誰に
嫉妬しているの

ダックんだよ……実はね
最近ちょっと複雑なんだ
話してごらん

前にね、ダッくんが
学校の陸上大会に出て
１位を取ったの
理事長からご褒美のお菓子を
たくさんもらって、優秀な
カモ代表としてスピーチしたの

全力で拍手したけど
本当は嫉妬してた
友だちがうまくやれているのは
うれしいけど……

ボクって意地悪な子カモ
自分の一番の友だちに
嫉妬するなんて
どうして？
嫉妬するのは普通だよ

でも…ダックんとどう話せばいいか
わからなくなっちゃった
友達じゃなくなったらどうしよう
それなら、いっそのこと
嫉妬してるって
言っちゃうのはどうかな

次の日

ママの言う通りだった！
言ったらすっきりした
ほう？
どういうふうに
話したの？

足が速いのも
ほめられるのも
うらやましいって

体重をコントロールするための
食事制限でおやつも
ダメなんだって

それを聞いたら
嫉妬しなくなった
むしろ尊敬したの

1位を取るためには
そこまで努力しないと
いけなかったんだ
ボクにはとてもできないよ
放課後ダッシュで帰って
プリン食べてアニメ見たいもん

それは同感だ

後回しにするのも自由

はぁ

またため息
ついてるの？
今思い出した 明後日までの
宿題、全然やってなくて
ちょっと焦ってきたの

やったら？
もう少しダラダラして
明日からでも
いいかなって

じゃあアレコレ考えずに
思いっきりダラダラして
でも後回しにしてるって
思うと不安にならない？

なるよ
昔はよくなった
例えば3時に水を
飲むと決めて、2時
くらいにゴミ袋で
遊んでたら
水を飲むことがチラついて
結局遊びにも集中できないし
水をおいしく飲めなかった
コロ
コロ
それで？
こう考えた 後にするって決めたら
全力で放置して、全力で遊ぶ
余計なことは考えずにね

信じていいよ 君が飲んだ水よりも
私が食べた缶詰のほうが多いから
一理あるカモ
航くんを見てごらん 毎回宿題を
日曜の夜まで後回しにしてさぁ
でも週末は全力で遊んでたでしょ

後回しにするのも
自由なんだ
自分の力で勝ち取った
自由時間だと思って！
不安に奪われないように

わかったカモ！
全力で放置する！
……最後には
宿題やってね

自分と条件交換をしない

思ったんだけど…君ってよく自分と
条件交換するよね　この前も――
必勝
水泳大会で TOP10 に
入らないとダッくんと
旅行しちゃダメ！
バシャ
バシャ

夏休みに入った
ときも――
5 ページ終わらないと
アイス食べちゃダメ

あと昨日も
眠かったのに――
このアニメが
終わるまで寝ない
ウト
ウト

本当だ！
ソーカモ
「Aをしなければ B は
しちゃダメ」っていうのは
脳との条件交換なんだよ

わかったカモ！ でも、
ボクの後ろめたい気持ちと
関係があるの？

大いにある！ たしかに
条件交換は私たちの
原動力になり得るけど
条件を達成できないことも
あるでしょう？ それが挫折感に
なって自分を責めてしまう
条件を積み重ねていくと
常に緊張を強いられるんだ

だから校内新聞の
ことを考えると心が
ギュッとなるんだね

勉強したいときは
勉強して、遊びたい
ときは遊ぶんだよ
条件付きじゃなくて
いいからね

わかったカモ
今はね……
ザザーン…
波の音を聞いて
夕日が落ちるのを見て
ただ時間を楽むのも
いいカモ
そうだよ

この章では、人それぞれの性格に関わる描写が多く出てきました。「後回し」「内気」「完璧主義」……など。心理学において、「レッテル」という言葉があります。レッテルとは抽象的で曖昧な言葉ではありますが、自らを括りたがる傾向のことを指します。

レッテルをうまく使うと、自分のことを他人により知ってもらいやすくなりますが、一方でデメリットもあります。自分や他人にレッテルを貼りすぎると、極端な方向へ走ってしまい、雑に、乱暴に、その人を決めつけることになってしまいます。

例えばソーカモの新しい友だち、モンモン。作中では彼のことを、「内気」だと表現しましたが、一言で「内気」といっても、人によって意味合いが違ってきます。例えばモンモンにとっての「内気」は、隅っこでひとりの時間を楽しみたいということです。

そのため、モンモンにただ「内気」のレッテルを貼って変えようとするより、モンモン自身に向き合い、その性質に寄り添うことが大切なのです。

人にはそれぞれ自分の生きやすい姿があります。ここまで読んでくれたあなたも、それに変わりはありません。あなたの性格がどんなものであっても、心の中でしっかりと向き合い、具体化した自己を受け止められるように、心から願っています。

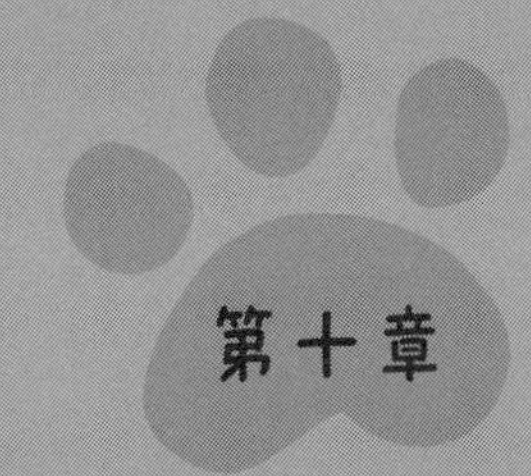

第十章

心の中の無垢な自分を抱きしめよう

自分に無条件の愛と許しを

過去の自分を責めないで

先週も好きなアイスをすぐに
食べるのがもったいないから
後で食べようと思ってたのに
冷凍庫に入れ忘れて
結局溶けちゃったの

あとね、昨日学校に
3分くらい遅刻しちゃって
皆勤賞が消えたの…

やり直せたらもっと
ちゃんとできたのに
お出かけ先を室内にすれば
アイスを先に食べちゃえば
すぐ冷凍庫に入れておけば
もっと早く起きれば遅刻も
しなかった

考えてごらん　お出かけを
企画するだけで大変なのに
天気までコントロールできないよ

それにアイスのことも
たまに抜けてて忘れるのは
あるあるじゃない

遅刻したことも
君は全速力で走って
登校したんでしょう

それでもそのときは
どうしてもできないことがあるんだ
だからね、全力を尽くしているなら
もう自分を責めるのはやめなさい
うぅ…確かにそうカモ
話を聞いたら
少しラクになった

よかった じゃあ聞くね
過去の自分にもし会えたら
彼になんて声をかける？
うん…あのね

まずは抱きしめて――
「ありがとう！
君はもう十分に
やれてるよ！」

許さなくてもいい

壊れたオモチャの
こと考えてるの？
はぁ

何で？
ママ、ボクって心が
狭いのかも

モヤモヤ
してるなんて
たしかに壊したクロくんが
悪いけど、1週間たっても

体育のとき、あっちから
声かけてきたの

じゃあさ、新しいやつ
買ってあげるから
これで水に流してくれる？

うんって答えた？

いや、どう答えていいか
わからなかった
クロくんは大事な友だちだよ
でも、このオモチャのことを
思うと心が重いカモ
ママ、水に流すって
どうすればできるの

モヤモヤするのは
その悲しみが過ぎたこと
ではないっていう証拠だ
そういうときに
許そうとしても無理して
気持ちを抑え込むだけ
じゃあ
どうしたら…

まず「ボクって心が狭いのカモ」
「クロくんが悲しむカモ」の声に
耳を貸さないで
静かに自分の悲しみに
寄り添ってあげて

悲しみが去ったあと
自然と通り過ぎたって
わかるよ
わかったカモ

じゃあママ、明日は
学校行かなくてもいい？
ボクの悲しみと
一緒にいたいから！
ギュッ

楽しさは勇気ある者へのご褒美

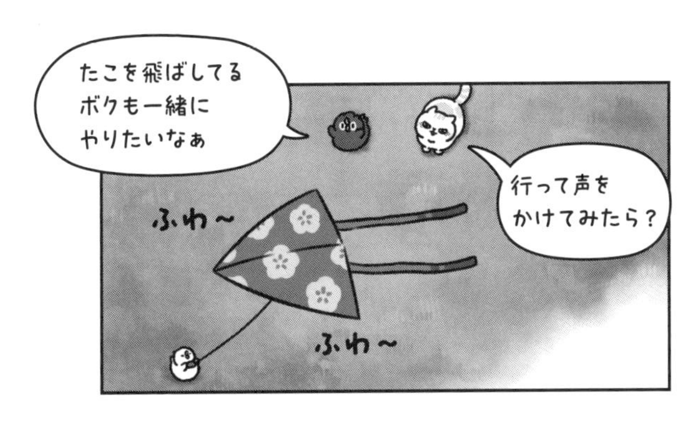
たこを飛ばしてる
ボクも一緒に
やりたいなぁ
行って声を
かけてみたら？
ふわ〜
ふわ〜

でも前にモコモコと
何時間もやって結局
飛ばせなかったの
また飛ばせなくて
笑われたら…
ぴたっ
結局あまり楽しめなかった
プリン食べたいカモ
2個でもいいよ！

でも慢慢のプリンを
食べたら怒られちゃうよね
また「でも」って…
いいよ！ 取ってくるね

ほら
プリンだよ
ママすごい！

プリンおいしい！
今すごくいい気分
むしゃ
むしゃ
知ってるかい 楽しいことは
勇気ある者へのご褒美だよ

私のプリンは！？
買ってきたばかりなのに！

恥をかいてもいい
どうせ誰も覚えてないから

始業式の日に先生が
お休みの話をしましょうって
皆を壇上にあげたの
それで最後に
「先生ありがとう」って
言おうとして　うっかり
「ママありがとう」って

あー！　もうどうしよう
恥ずかしい!!
待って！　ちょっと
一旦笑わせて
あはは！
だって……絶対皆ボクを
笑ってるよ　先生も他の先生との
話のネタにしてるカモ
大丈夫、もうかなり
前のことだよ
思い出すと恥ずかしくて
穴があったら入りたいカモ

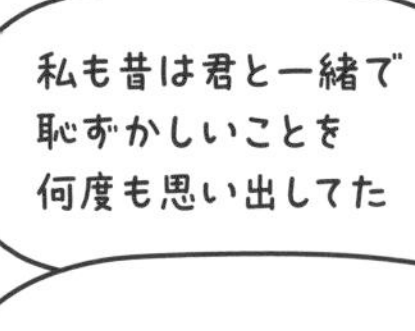

私も昔は君と一緒で
恥ずかしいことを
何度も思い出してた
例えば窓枠に飛び乗ろうとして
盛大にすべり落ちたこととか…
今でも恥ずかしくて仕方がない

でも開き直ったんだ
どうやって？

じゃあ聞くけど
私のやらかしを思い出せる？
さっき言ったこと以外で
うーん…あまり
思い出せないカモ

そうでしょう　他人の恥なんて
そんなに覚えられるものじゃないよ
だから皆忘れてると思えばいいんだ
たしかにソーカモ

これが心理学でいう
「スポットライト効果」
自分が気にしてることを
ついつい拡大して見てしまい
他人からの関心を過剰に思い込む

でも実はその場で笑って
終わる話で、過ぎれば
誰も覚えちゃいないよ

それを聞くと
ラクになったカモ
考えすぎはよくないよ
誰でも恥はかくものだ

そうだママ、
さっきの滑り落ちた話
どうやったか
再現してくれる？
その手には
乗らないよ

優秀だから愛されるのではない

まだ私が野良猫だった頃
野良猫仲間は皆、口では
自由が一番とか言うけれど
誰が一番人に気に入られるか
こっそり競争してたんだ
誰が一番目がまん丸で
毛並みがよくて愛嬌があるかをね

ボスだってこっそり
ゴロゴロを習得してる
ゴロゴロゴロ

私はといえば目つきが悪いし
毛並みもゴワゴワ
人見知りで愛嬌もない
人に懐かないから
前の飼い主に捨てられたんだ

慢慢がなぜ私を連れて帰ったのか
正直よくわからない
他の野良猫も皆わからないし
私自身が一番わからない

だからね、最初は
緊張しっぱなしだった

特に失敗したあとは怖かった
また捨てられちゃうかもって

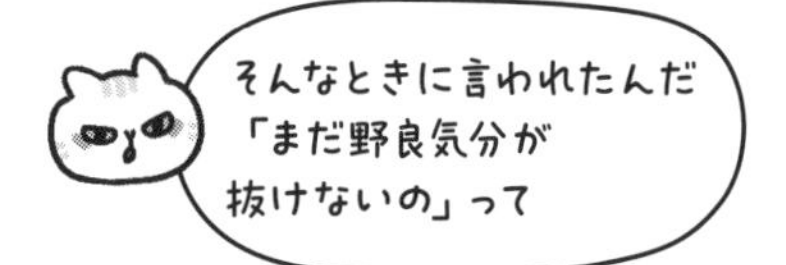

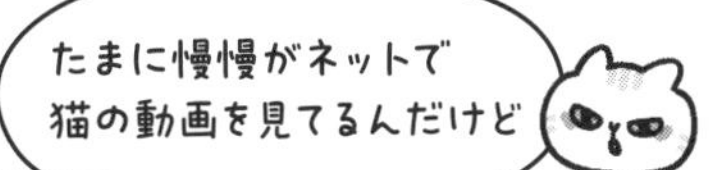

でも気づいたんだ
それでも愛してくれてるって

だから君の成績が落ちても
嫌いになったりしないよ
慢慢もよく航くんに言うんだ
「優秀であることは
愛されるための必須条件ではない」
ナデ

安心した！ やっぱり
ママは最高！ 慢慢も！
ギュ！

でもじゃあ、ママも
ゴロゴロを練習したの？
……ど、どうだっけ？

「人生において成長の過程は、傷つき、そしてその傷をどう処理するかを学ぶ過程の繰り返しです」（監修者の言葉より）

ネガティブな出来事は避けられません。しかしその後どうするか、その傷にどう向き合うかは、私たちが選べます。

傷ついた自分に向き合い、まずは自分のすべての気持ちを許容しましょう。

思いきり悲しんでも、怒ってもいい。無気力になっても、絶望してもいい。いっそのこと、しばらくすべてを放りだして、逃げだしてもいい。

何でもないことをして、おいしいものを食べて、音楽をかけて、ただ惰眠を貪って、苦しいことからしばらく距離をおいてもいいのです。そして最後にはちゃんと向き合って整理します。

信頼できる人や、安心できる関係の人につき合ってもらい、傷ついたとき、具体的に何を経験したのか、どのような気持ちだったか、一度きちんと整理しましょう。

この整理する過程において、つらい記憶を呼び起こしてしまうかもしれません。そんなときは、自分に対して無条件の愛と許しを与えましょう。そして自分にそっと教えるのです――「過去の自分はもう十分よくやった」と。

結び

最後に皆さんに伝えたいこと

皆から好かれる
必要はないよ！
心配すんな、けんかするほど
仲がいいってことだ！

女の子でも
力持ちでいい
男の子でも繊細で
器用でいい

コミュ障じゃないよ
ひとりでいるのが得意なだけ
繊細さは欠点じゃない
長所だよ！

いじめは
悪いことだ！
いじめを見て見ぬふり
するのも悪いことだ

終わり

著・絵　徐慢慢心理話（シュイマンマン）

カウンセリングサイト「看見心理」の担当カウンセラー、イラストレーターからなる心理学漫画制作チーム。作中に登場するカウンセラーのキャラクター「徐慢慢」を冠している。サイトでの事例から漫画作品を考案しており、これまでに400話以上を発表し数百万人の読者に親しまれている。メイン編集・陈毛毛 / メイン執筆・陈毛毛、卢克、吱唔猪、梁茶 /イラストレーター・吱唔猪 / 運営・小泽 / 専門アドバイザー・「看見心理」カウンセラー。

監修　武志紅（ウージーホン）

カウンセラー、作家、北京大学臨床心理学修士課程修了。心理学に関する仕事に約30年携わり、カウンセラーとして10年の間に1万時間を超えるカウンセリングの経験がある。『為何家會傷人』『自我的誕生』など10冊以上の著書はすべてベストセラーとなり、累計数百万部。CCTV「心理訪談」「鳳凰大講堂」「圓桌派」などの有名番組に出演。2018年にカウンセリングサイト「武志紅心理」「看見心理」を創設し、2000万以上のPV数を獲得している。

訳　呉佩慈（ウーペイツー）

翻訳家・通訳。台湾台北市生まれ。台湾東呉大学日本語文学科卒、早稲田大学大学院日本語教育研究科中退。『おいしい台湾ひとり旅』（扶桑社）を監修。「日本で初めて翻訳を担当させていただいたのが、この本であることに感謝しております。作業中はページをめくるたび、やさしい言葉やカモと猫のかわいさに癒やされました。読者の皆様も、心の『どうして？』と向き合う時間をお過ごしください」。

デザイン・竹下典子／ DTP・センターメディア／校正・小西義之／編集・木村早紀

発 行 日　2024 年 12 月 6 日　初版第 1 刷発行

著 ・ 絵　徐慢慢心理話
監　　修　武志紅
訳　　者　呉佩慈

発 行 者　秋尾弘史
発 行 所　株式会社 扶桑社
〒105-8070　東京都港区海岸 1-2-20　汐留ビルディング
電話　03-5843-8843（編集）／ 03-5843-8143（メールセンター）
www.fusosha.co.jp

印刷・製本　中央精版印刷株式会社

Printed in Japan　ISBN 978-4-594-09849-0

ORIGINAL TITLE：《弗洛伊德与为什么鸭》by 徐慢慢心理话
ORIGINAL ISBN 9787533973186
Japanese translation rights arranged with GUOMAI Culture & Media Co., Ltd
through Shanghai To-Asia Communication Culture Co., Ltd.and The English Agency (Japan) Ltd.